陪你在月球散步

兔子說 著

就算你想逃去月球，
我也會陪著你，不讓你一個人寂寞。

Chapter 1

「親愛的溫編，樹人又來了，怎麼辦？」

「來多少次都一樣，不接。」

「可是，他們又加碼了。」

「就算接了也是我拿錢，你分不到。」

「……慣老闆。」

「你把樹人打發掉，月底立刻發獎金。」

我才按下訊息送出鍵，就聽見門外傳來小路的喳呼聲。

「非常對不起，宋大經紀人，我確認過了，確認了三次！我非常確定溫編的檔期很滿，我知道貴公司開給我們的條件非常好，但溫編已經沒辦法再接劇本了，她要是接了就會爆肝死翹翹，所以——」

「我可以和她本人當面聊一聊嗎？」

「蛤？」小路反應不過來，「你說什麼？」

「我想和她面對面談話。」

「這、這不好吧，溫編她……欸！宋大你不可以進去！」

辦公室的門突然開了。

空氣瞬間凝滯，沒有一絲多餘的聲音。

我幾乎可以聽見他們尷尬的呼吸。

「你、你看，我正打算跟你說，溫編不在啊！」小路乾笑了兩聲，語氣很不自然地說：「宋大經紀人，你這樣不好喔，老師有教過、媽媽有交代，不可以擅闖別人的辦公室，不然難保你不會看到什麼髒東西。」

髒東西？這個臭小路該不會是拐個彎在罵我吧？

我翻了一個大白眼，側著耳朵繼續偷聽。

爲了轉移宋大翔的注意力，小路口沫橫飛，從辦公室裡的髒東西胡扯到他曾祖父是專門降妖除魔的師公時，宋大翔終於開口說話了。

「好吧，既然溫編不在，那我下次再來。」他說。

小路倒抽了口氣，「不是啊，宋大，我說過了溫編她……」

「就算被拒絕，我也要親耳聽她本人拒絕我。」宋大翔堅決的嗓音傳入耳中，我頓時瞪大眼，心跳漏了一拍。

……漏了一拍？

馬的，溫又芸妳是花痴還是心臟功能失常，隨隨便便一句話都可以讓妳心跳加速？不行、不行，這毛病不治好不行！明天馬上預約心臟科門診！我緊緊地摀住胸口，企圖讓心跳回歸正常的節奏。

不知過了多久，辦公室總算恢復平靜，小路又走了進來。

「溫編，宋大翔已經走了喔。」

嗯？這麼快就走了？

我愣了一下，還沒來得及說話，就聽見小路吱嘎一聲打開了書櫃木門。

「溫編？溫編妳在這裡嗎？」他問。

這個傻瓜，我又不是李棠華特技團的成員，最好塞得進櫃子裡。

小路沒看見我，關上了書櫃，在辦公室兜兜轉轉。

「親愛的溫編、溫女神、溫大人——」

一下打開檔案櫃，一下又將盆栽挪位，房間裡充斥他製造出來的噪音。

我想，這傢伙小時候一定很不會玩捉迷藏。

正當我琢磨該怎麼華麗出場，不再折騰我家可憐的小助理時，不曉得小路哪根筋接錯線，他猛地發出尖叫，三步併作兩步衝到窗邊，用力推開窗戶。

「溫編！妳怎麼這麼想不開！」

「白痴喔！我在這裡啦！」我大吼，從桌子底下痛苦地爬出來，「唉唷喂呀，痛痛痛、麻麻麻，我才幾歲，膝蓋居然這麼不中用。」

「溫編。」小路表情莫名嚴肅。

我彎身敲膝蓋，「幹麼？」

「老實回答我，妳是不是欠宋大翔錢？」

「蛤？」我傻眼地瞪著小路，「你胡說八道些什麼啊？哪來的想法認爲我欠他錢？」

「因爲妳居然躲他躲到桌子底下！這可是躲債才會有的情節。」

「錯！」這樣的情節也太老套了吧！我鄙夷地搖搖頭，「這分明是恐怖片遇到鬼、遇到殺人魔的時候出現的分鏡啊！」

「什麼？宋大翔殺過人？」小路摀住嘴，故意用氣音低喊。

「怎麼可能！」

「那他是鬼嘍！大白天的，竟然出來嚇……」

「夠了沒有！」我忍不住巴他腦袋，嘴角卻不受控地上揚，「路士懷，你眞的很浮誇耶，要不要我推薦你去演戲？保證比當我助理來得有前途。」

「幹麼？想把我推給別人？」小路兩手一攤，做了一個很欠揍的鬼臉，「不好意思，我就是賴上妳了，現在後悔也來不及嘍。」

我斜眼瞟他，「開除是從不嫌晚的。」

「唉喲——」這個沒骨氣的傢伙馬上黏過來撒嬌，「溫女神，不要這樣嘛，我那麼愛妳。」

「最好是，你少來，不要鬧了。」我笑著推開小路，轉身坐下，繼續處理公事，「我要準備把定稿寄出去，你下午沒事的話，就可以先離開了。」

「我有事！我的事就是想知道妳和宋大翔之間發生了什麼事！」

小路兀自大聲嚷嚷，我只當沒聽見。翻開筆電上蓋，螢幕依然停在電子信箱的頁面，看著一連好幾封署名來自「樹人電影工作室—經紀部—宋大翔」的未讀信件，我不禁嘆了口氣。

都拒絕得這麼明白了，宋大翔究竟還想怎樣？

「溫又芸小姐，請妳回答我的問題。」小路跳上辦公桌，一手握拳充當麥克風，遞到我面前，「請問妳和宋大翔先生究竟是什麼關係？」

「他和我唯一的關係，就是沒有關係。」我不耐煩地拍掉他的手，「路士懷，我以老闆的身分命令你出去，再問就讓你見不到這個月的薪資單。」

「竟然威脅我？那肯定有姦情！」

我一記眼刀射去，「路士懷！」

小路立刻窩囊地夾著尾巴溜出去，總算還我一個清靜的空間。

沒了小路的插科打諢，我深呼吸幾次，視線重新回到筆電螢幕上，繼續和那幾封未讀信件進行一場無聲的戰鬥，或者說，和自己的內心戰鬥。

幾分鐘過後，我做了決定。

Click、Click、Click、Click。

所有來自宋大翔的信件，全部勾選，全部刪除，一封不留。

宋大翔，我說過了，我這輩子絕對不要再和你扯上關係。

這眞是再簡單不過的事了，就像是把電子郵件丟進垃圾筒一樣，清空了、刪除了就是永遠不見，不需要在意，因爲沒有關係，所以沒有關係。

反正，我們從來就不在同一個世界。

「方菲，起床了沒？」這天早上，我在工作室對面的路口給我親愛的大學死黨打了一通morning call，「不是說好今天要一起……Shit-!」

「溫又芸，有話不能好好說嗎？」方菲的聲音一聽就知道睡神還沒退駕，「就算我不小心把約會忘得一乾二淨，妳也不至於罵髒話吧？」

「我又不是在罵妳……等等，妳說妳忘了？妳的意思是要放我鴿子？啊，算了，我沒空和妳說這些，再見！」不等方菲反應過來，我匆匆切斷通話，定睛看向走進前方大樓的兩個男人。

其中一個我沒見過，另外一個化成灰我都認得出來是宋大翔。

「怎麼還來啊？」我低聲哀號，真心不懂他究竟何苦？

先別說樹人旗下的簽約編劇之多，足夠辦一場小型運動會好了，宋大翔一定也知道，業界有多得數不清的編劇恨不得倒貼也要和樹人合作，又何必執著找我這個不知好歹的小女子呢？

不行，現在進工作室鐵定會和宋大翔撞得正著。

我當機立斷，掉頭走進附近小巷弄的咖啡廳。

「一杯摩卡咖啡，熱的，謝謝。」將菜單交還給店員，我取出包裡的筆電，第一個動作便是檢查電子信箱。

【寄件人】樹人電影工作室—經紀部—宋大翔

果然，又來了。

我揉了揉隱隱泛疼的太陽穴。

面對宋大翔的鍥而不捨，我猶豫著是不是該點開那封信來看看。

看？不看？

半晌，我移動手指，不是點開信件，而是點開了新聞網站。既然無法下定決心，那就先做其他事好了，船到橋頭自然直嘛——孬種的我是這麼想的。

【最新娛樂焦點】樂壇天后平安產下男寶寶，眾星好友齊獻祝福。

「寶寶看起來眞可愛。」我撐著臉頰，隨意瀏覽新聞底下的網友留言，自言自語地回應著，「眞的，有遺傳到媽媽的五官……喔，原來天后和老公是青梅竹馬啊，好浪漫……哈囉，這位粉絲，現在明星結婚生子又沒什麼大不了，敢問您活在哪個年代……」

嗯？大明星、青梅竹馬、瘋狂粉絲……

好像，有點意思。

若有似無的觸動在腦海一閃而過，我立刻打開記事本，迅速記下靈感的蹤跡，另存新檔，丟進塞滿各式各樣點子的資料夾。

「還有什麼呢？」手指在桌上輕敲，不經意一瞥，《站住！前面的粉色條紋衫！》的新聞就這麼躍入眼中。

【慶功殺青】《粉條男》圓滿落幕，火紅關鍵大解密！

《站住！前面的粉色條紋衫！》是我執筆的劇本，電視劇剛剛迎來大結局，講的是陰柔男孩和陽剛女孩的清新戀愛故事，這部戲自播出以來收視率不斷上揚，引發網友熱烈討論，只不過……

我看了看新聞內容，果不其然出現了「譁眾取寵」幾個大字。

諸如此類的評論我不是第一次見到，確實我就是個譁眾取寵的商業化編劇，寫出來的戲劇空有高收視率，內容卻沒有半點深度，只要可以吸引觀眾，換來廣告商的青睞，不管多麼狗血浮誇的情節，我都敢寫。

在某些自命清高者的眼裡，我，溫又芸，就是個不入流的角色。

「小姐，妳的摩卡咖啡。」服務生送上香味四溢的咖啡。

我回過神，揚起微笑，「謝謝……呃！」

不顧服務生一臉的莫名其妙，我身子一滑，將大半張臉藏在筆電螢幕後，只露出一雙眼睛，警戒地注視著走進咖啡廳的那道人影。

我不懂，眞的不懂，街上咖啡廳這麼多，宋大翔爲何偏偏走進這一間？

只見宋大翔一身簡練西裝，自帶強大氣勢，大步走了過來。

宋大翔的身後跟著一名高大的年輕男孩，長得像是時下偶像劇常出現的小鮮肉類型，方才似乎就是他跟著宋大翔一起去到我的工作室。他們沒留意到我，在我右前方的桌子坐了下來，宋大翔點了熱拿鐵，那個男生則是要了一杯冰奶茶。

我再次往下縮了縮，雖然我很篤定宋大翔認不出我，畢竟我的照片從未在媒體上曝光，但對於宋大翔這個人，我向來秉持的原則都是能離多遠就離多遠。

「大翔哥，要是一直聯絡不到溫編怎麼辦？」等服務生一走，小鮮肉立即開口，表情難掩擔憂，「公司那邊好像……」

「你不必擔心公司，我會處理。」宋大翔的臉色也沒好到哪去，他抬手揉了揉眉間，「反正我也收到幾個編劇的回覆了，就算沒辦法拿到溫又芸的劇本，我們也不是無路可走。」

早說嘛，原來他還是有其他選擇的呀，枉費我這陣子爲此背負著沉重的罪惡感。我稍稍鬆口氣，卻不知怎地有點不是滋味。

宋大翔的話並沒讓小鮮肉比較好過，反倒令他的神情多了一絲愧疚，嘴巴張張合合，似是想說點什麼，卻總在最後一刻打住，而宋大翔忙著低頭查看手機，沒有發現他的欲言又止，只有全程關注的我看見了這一幕。

「大翔哥，對不起。」小鮮肉深深地吸了口氣。

宋大翔一愣，緩緩抬頭，「幹麼？你對不起我什麼了？」

「如果我夠紅，你就不需要這樣辛苦地到處奔波；如果不是我，別說溫編了，說不定各種好劇本都會自己送上門來，更不會被公司……」

「噓，葉司辰，不要說了。」宋大翔舉起食指，嘴角的笑意早已忍俊不住，「我可以理解你的心情，也很感謝你這麼關心我，但是讓我們重新梳理一下整件事，好嗎？」

名叫葉司辰的小鮮肉點了點頭，還是一臉沮喪。

「嗯，要從哪裡開始說起呢？先來說說『你不夠紅』好了。」宋大翔剛起了一個頭，就笑了開來，「孩子，你在想什麼？你不紅不是理所當然的嗎？因為你根本還沒出道啊！」

「可要是我早早開始經營社群，現在多少也能有些名氣。」

「你錯了，還沒出道就先紅，不一定是好事。這段從無到有的日子或長或短，對你而言將會是一段非常重要的經歷，影響著你的未來，你必須好好珍惜、認真感受。」宋大翔想了想，繼續往下說：「第二，關於劇本，你說的沒錯，如果是大咖藝人放話想演戲，馬上會有人奉上各式各樣的劇本。這又會回到第一點，葉司辰，你不夠紅……但這不是你的問題。」

「但公司把我交給你……」

「啊，對了，公司！」宋大翔彈了個響指，「說來說去，問題的源頭就是公司嘛！他們發現我被日本演藝公司挖角就氣得跳腳，就算我早就拒絕了對方，他們仍執意認爲我打算帶著手下的藝人跳槽，與其成天疑神疑鬼，倒不如把我架空，直接將我負責的藝人轉給別人，只留下一個簽進公司才一個月的新人，也就是你，葉司辰。」

葉司辰愣愣點頭，「對，是我。」

「你不覺得這樣一想，你才是無端捲入我和公司紛爭的受害者嗎？」宋大翔笑了笑，「按你的邏輯，應該道歉的是我才對吧？」

「大翔哥，你千萬不要這麼說！」

「嗯，你不用擔心，我也不想向你道歉。」宋大翔說著，帶笑的眼神一變，瞬間充滿攻擊性，「他們以爲我這幾年的成就都是僥倖，以爲沒了公司的資源，我就什麼都做不到，殊不知有我在這間公司，才是樹人走了好運。他們不認爲我可以在短時間內把你捧紅，這是在懷疑我的能力，以及你的資質……葉司辰，我相信你能做到，你呢？你願意相信我嗎？」

「我……」涉世未深的葉司辰，內心早就被宋大翔這席話激昂得亂七八糟，「大翔哥，我相信你！」

「既然如此，」宋大翔微笑，挑了挑眉，「合作愉快。」

這時，服務生送上飲料，他們也換了話題。

我暗暗思忖，原來這就是宋大翔不用樹人旗下編劇，特地找上我的原因？不是他不想用，而是他根本不能用。此刻我心裡的感受，很難以筆墨說明清楚。

宋大翔被挖角的消息，我是從娛樂新聞上得知的。

可我沒想到樹人的管理高層居然這麼介意，還把他負責的藝人全都轉走。雖然我很討厭宋大翔，但這有點過分了，不是嗎？

我重新點開電子信箱頁面，毫不猶豫開啟宋大翔寄來的信件，將先前的躊躇抛諸腦後，我快速看過內容，這絕對是一封極其誠懇的邀稿信。

當然啦，宋大翔也不可能在信裡表現出一副自大狂的樣子嘛，畢竟他有求於我，只是……我不知道，我好難理性思考這件事。

「方菲，收工來我家。」

「妳要請客？」

我瞪著手機螢幕上的LINE對話框，這女人眞是夠了。

「鹽酥雞，五百塊不能再多了。」

「酒呢？」

「冰箱有的任妳喝。」

「洗好在家等我，愛妳。」

誤交損友和嫁錯男人都是一樣的，愛到卡慘死。

放下手機，我再次偷瞄了一眼宋大翔和葉司辰，他們聊得正起勁，想來暫時不會離開，有他們在，我根本無法專心工作，既然他們剛去過工作室，短時間不可能再找上門，現在避開這兩人返回工作室才是正解。

一口喝光摩卡咖啡，我皺了下眉，收拾好隨身物品便起身到櫃臺結帳。

「一共是兩百二十元。」

「兩百……」我的錢包呢？

難道，我沒帶錢包出門？

我不敢置信，低頭猛翻背包，不肯錯失任何一個角落，甚至不怕丟臉地在服務生面前把背包裡的東西全倒了出來，面紙手機化妝包什麼都有，就是沒有該死的錢包。

「那個，我……」我的臉好熱，熱到我連句話都說不好，「不好意思，我忘記帶錢了，我公司就在附近，我回去……不，我請人來付錢好了，我……」

我到底在說什麼啊？

尷尬是一種傳染病，不只我手足無措，服務生也被我弄得一臉囧樣。

「那個小姐的帳算在我這邊吧。」這個聲音，我很熟悉。

如果可以的話，我並不想回頭。

如果可以的話，我想鑽進地洞。

但我沒有地洞可鑽，所以我終究還是回頭了。

不知注意我多久的宋大翔正對著我笑。

「沒關係，小姐，妳不用在……」

他話還沒說完，我理智線就搶先斷掉了，二話不說拔腿就跑。

「哈哈哈哈哈哈。」

「姓方的！妳到底要笑多久！」我用力一扔，抱枕準確無誤地砸上方菲的臉，「不要笑了啦！我眞的很糗……笑夠了沒啊！」

方菲無視我的惱羞成怒，笑倒在沙發上，久久無法自抑。

我受不了，到廚房給自己倒了杯開水，順便吞了顆止痛藥，早上不該點那杯摩卡咖啡，咖啡因刮得我的胃隱隱作痛。

待我回到客廳，方菲已經盤腿坐在地上吃鹽酥雞了。

「妳不吃嗎？」她問，一手拿著冰得透涼的啤酒。

我摸摸肚子，搖了搖頭，「胃有點痛。」

方菲插了塊肉送入口中，用不贊同的眼神看著我，「妳這老毛病早該治了，光吃止痛藥有什麼用？我敢保證，妳要是再不去看醫生，妳整個人都會不正常。」

「妳才不正常，妳整個腦子都不正常。」我回嘴，去到她身邊坐下，聞著鹽酥雞引人犯罪的香味，嚥了一口口水，「好香喔，我只吃一塊就好……欸，幹麼打我！」

「不准吃，胃痛的人吃屁吃。」

「這麼一大盤妳又吃不完。」

「不好意思，我已經叫小路過來一起享用了。」方菲舉起手機呵呵笑。

我瞪她一眼，「我餓死好了。」

「叫宋大翔請妳吃呀。」方菲無視我眼中的殺氣倏地轉濃，不痛不癢地拿竹籤叉了塊魷魚，「不用在意喔，小姐——」

「欠揍！」我飛撲過去，直接摀住這個討厭鬼的嘴。

這個老是戳我痛點的女人是我的大學同學，正在製作公司當節目編導，她認識我，也認識宋大翔，卻直到最近才得知我和宋大翔曾經有一段過去。

過去？不對，我和宋大翔才沒有什麼過去。

「溫編，妳知道嗎？宋大今天又來了耶！」小路一進門就迫不及待地向我報告，「他還帶了一個新人，長得高高帥帥，個性也很可愛，妳沒看到眞是太可惜了，說不定看到本人，妳就會改變主意爲他寫本了。」

「喔，是喔，」我懶洋洋地回道，「我還知道那個新人喜歡喝冰奶茶呢。」

「蛤？什麼意思？」

「她在咖啡廳遇到宋大翔他們了啦。」方菲招手要小路坐過去，故意裝出一臉曖昧，「而且，宋大翔還請她喝了一杯咖啡。」

「眞的假的！」小路大驚失色，「宋大認出妳了？」

「沒有啦，就是我……」餘光瞥見方菲又開始笑了，我翻白眼，做了個手勢表示讓她來說，反正方菲一定不會滿足於我的版本，還不如一開始就交給她發揮。

聽完方菲唱作俱佳、三倍誇飾的「實況還原」，小路先是和方菲抱在一起笑出了眼淚，好不容易冷靜下來，他一個眼神朝我瞥來，我就看出他想追問我和宋大翔究竟是什麼關係。

「我再說一次，」我先發制人，「我和宋大翔沒、有、關、係！」

「不可能。」小路斷然否定，看向方菲，「方菲姊，妳知不知道些什麼？」

方菲皺眉，「我只記得他們高中時好像有什麼……」

「有什麼？什麼什麼？」小路興奮地瞪大眼睛。

「你別想歪。」我往小路的後腦勺一拍，「就算眞有什麼，也只有『恩怨』而已。」

「恩怨？」他倆異口同聲。

呃，我是不是挖坑給自己跳了？

「唉唷，先別說這個了啦！」我連忙扯開話題，回歸召開這次聚會的根本目的，「你們覺得我到底該不該接這份工作？」

「爲什麼要接？」方菲不解，「妳不就是因爲不想接，才躲了他這麼久嗎？難不成一杯咖啡就讓妳改變心意了？」

小路噗哧大笑，「哈哈，宋大要是知道的話，一定照三餐外送咖啡過來給妳。」

「當然不是因爲咖啡。」我嘆氣，想想該怎麼說才好，「其實，我今天才知道宋大翔和樹人好像鬧僵了。」

方菲喔了一聲，「所以呢？那又怎樣？」

「所以，我要是不接，不成了欺負宋大翔的幫兇？」

「拜託，妳未免想太多了吧！」方菲大翻白眼，「宋大翔被公司冷凍是他的問題，關妳屁事？再說，妳不是討厭他嗎？他被冷凍，妳不拍手叫好，順道推波助瀾一把，建議樹人將他送去北極就算了，居然還想救他出冷凍庫？怎麼？宋大翔請的咖啡有毒，把妳迷暈了嗎？」

「不是嘛，話不是這麼說啊！」不然該怎麼說？我愈解釋愈心虛，「總、總之，我今天聽宋大翔和那個新人談話，突然覺得、覺得……」

「覺得什麼？」他倆步步緊逼。

「覺得……」我頓了下，眼神游移，「覺得他人好像沒那麼糟。」

空氣忽然安靜，方菲和小路沉默好幾秒，相互對看一眼——

「咖啡有毒啊！咖啡眞的有毒啊！」

「假咖啡，一定是假咖啡！」

「哇哇，怎麼辦啊？」

眼看這兩人的小劇場愈演愈烈，我這個當事人卻只能坐在一旁獨自鬱悶，等他們什麼時候玩鬧夠了，願意正正經經聽我說話、替我拿主意。

雖然很有可能即便等上一晚，都等不來那個時候。

「噯，溫又芸，妳快點說說妳和宋大翔之間到底有什麼恩怨！」方菲整個人都high了，不停往我身上蹭，「快說、快說，我們不是好朋友嗎？」

「就是說啊，溫編，妳趕緊老實交代！」

「唉唷，我就說了沒什麼！」我還想掙扎，他們卻硬是往我左右包夾過來，「方菲妳不要再碰我了喔！路士懷你敢靠近我試試看！啊！煩死了，說就說嘛！誰怕誰啊！」

我大喊一聲，瞬間把他們兩個煩人鬼震出方圓二十里外——如果這個幻想能實現該有多好。

「所以？妳和宋大翔？」方菲眼中閃爍著八卦的光芒。

小路同樣擠眉弄眼地看著我。

望著他們滿布期盼的臉龐，我的喉嚨一陣乾澀，不知該從何說起，熱度逐漸湧上雙頰，腦中卻是一片空白。

「我、我和宋大翔就是……」

「就是？」

「我們念同一間高中，他是我的學長……」

「喔喔喔，學長和學妹耶！」

「然後……」

「然後？」

「我曾經寫過情書給他。」

而且，這封情書還堂而皇之地登上了校刊。

準確來說，那並不是一封情書。

但我不想和兩個未喝先醉的酒鬼解釋那麼多了，一點也不想。

隔天早上到了工作室，宿醉的小路和我打了招呼，說他已經和宋大翔聯絡好，待會對方就將前來工作室與我面談。

沒錯，這就是我最後的決定。

我決定和宋大翔來一場成人的談話。

學長學妹的關係拋到一邊！高中時期的蠢蠢暗戀算個屁！就算我曾經寫過一篇關於宋大翔的文章又怎麼樣？我們，我和宋大翔都是成年人了，過去的事就讓它過去吧，沒什麼大不了的！

嗯，沒什麼大不了的！我掐了自己一下，用力告誡自己不准再看時鐘、不准在意宋大翔抵達的時間正一分一秒地接近。

「溫編，宋大到了喔。」不久，小路開門告訴我「時辰到了」。

我深呼吸，點了點頭，示意他可以帶人進來。

若是把這個情景寫進劇本，我一定會在上方瘋狂標註「慢鏡頭」、「慢鏡頭」、「慢鏡頭」、「可以有多慢就有多慢」、「最好跟樹懶的動作一樣慢」，因為從我眼中看出去的畫面就是這、麼、慢——

宋大翔緩慢地走入我的眼簾，他穿著簡單的襯衫和露出腳踝的九分煙管褲，腳下踩著一雙看起來很貴的皮鞋，領在葉司辰前頭走了進來。

他見到我，揚起微笑，禮貌性地想和我握手，「溫編劇，妳好。」。

有那麼一瞬，我眞的很想尖叫，然後頭也不回地逃跑。

但我沒有。

「你好，宋先生。」我笑了笑，握上他的手。

即使我腦袋空白、喉嚨乾澀、胃部灼熱，身爲一個成熟的大人，我是不會把這些緊張、慌亂的情緒表露在臉上的，不論內心多麼七上八下，在外人眼裡，我仍舊會是一個能夠沉著應付各種狀況的成熟女人。

「溫編劇，妳好，我是葉司……」葉司辰驀地停住話，驚訝地指著我，「咦？妳不是昨天那個——」

「咳。」宋大翔輕咳一聲，制止葉司辰繼續往下說。

他果然認出來了啊。我心裡萬分懊惱，面上依然維持笑容。

「你好。」我率先握住葉司辰的手，再轉頭看向宋大翔，「昨天眞的很謝謝宋先生的熱心幫忙，我待會請助理將咖啡的費用還給你。」

「不用、不用，請不必在意。」宋大翔搖手拒絕，看著我的眼睛染上笑意，「能在不知情的情況之下，請溫編劇喝咖啡，也算是種緣分。」

我笑而不答，禮貌請他們坐下。

「那麼，我們要從哪裡開始？」我問。

「首先，我想先謝謝溫編劇願意安排這場會面，這對我來說意義非凡。」宋大翔不卑不亢的態度，既讓人感到備受尊重，也不會讓自己退居劣勢。

「你客氣了。」我說，不自覺想起昨天聽到的那場對話，「……老實說，我一直很疑惑，為什麼樹人……為什麼宋先生會想找我寫劇本呢？」

既然宋大翔都收到其他編劇的正面回覆了，而我之前那避而不見的態度也已然顯示出濃厚的拒絕意味，他為何還會為了一通臨時的電話邀約前來赴會？應該是真的很想要我的劇本吧。

綜合他的所有表現，做出這個推論很合情合理。

可是，為什麼呢？

「溫編劇謙虛了，原因不是很明顯嗎？這幾年溫編劇的成就有目共睹，凡是出自妳手的戲劇，哪一部沒有掀起話題、沒有高收視率？」宋大翔嘴角勾起的幅度依舊，眼神卻是一沉，「容我直話直說，溫編劇，我需要妳的幫忙。」

我停頓了一下，「我能幫上你什麼忙？」

「只要妳願意接下劇本工作，就是幫我天大的忙了。」宋大翔看了一眼坐在他身旁的葉司辰，「我希望妳替葉司辰量身打造一部偶像劇，我相信以溫編劇的能力，絕對可以讓他立刻在觀眾心中占有一席之地。」

「量身打造的意思是？」我試著釐清他的意圖，盡量不被他的恭維擾亂心神，「我的戲向來都不是粉色泡泡糖的愛情劇，若是想要打造觀眾心目中的男神，我可能沒辦法勝任。」

「當然不是，溫編劇，妳我都很清楚，在這個宅男女神比宅男還要多的時代，所謂的大眾情人早已難再是螢幕焦點了，不是嗎？」宋大翔失笑，他稍稍傾身，拉近彼此之間的距離，「我需要的，是妳的故事。」

縱使笑容溫和有禮，宋大翔的眼神仍像是某種掠食性動物，專注且帶著侵略，彷彿意欲將人拆吃入腹，然而，我卻絲毫不覺被威脅，只覺得他是眞的「需要」我。

那讓我有點心慌。

我往後坐了些，故作鎮定地喝了口咖啡，企圖找回自己的步調。

……這是小路泡的咖啡，總不會又有毒了吧？

「宋先生，你應該知道，我的戲毀譽參半，不完全都是好評。」我淡淡地說，「時常有人說，我不過就是一個沒深度、沒內涵的商業化編劇。」

「那又如何？說得市儈一些，有爭議、有討論，等於有人觀賞。再說，說那些話的人，他們眞的有用心去了解劇本背後的含義嗎？」宋大翔對我揚起了笑，「溫編劇，妳知道嗎？我很喜歡妳寫的故事。」

他、他說什麼？

我拿著咖啡杯的手一抖，差點灑出來。

他說，他很喜歡我寫的故事？

宋大翔的眞誠展露在他的臉上，找不到任何破綻。

我不是沒聽過其他人的讚美和吹捧，儘管我不是業界最紅的編劇，卻也小有名氣，每當有製作公司前來邀約，開口閉口全是稱讚，我早就懂得不把這些話聽入心裡。

但，宋大翔不一樣。

直到現在我才發現，他說的話仍在我心中擁有不同的重量。

「好、好吧，就算我答應接下來好了……」爲了不露怯，我移開視線，慌忙地找了個問題問他，「也不是我寫了劇本就能拍攝的吧？」

「S台預計下半年上檔的電視劇，在拍攝上出了些意外，臨時喊卡，正好空出檔期，我已經和S台高層講好，過陣子會帶著劇本過去和他們開會。」

「咦？這麼……」

「我希望到了那時，陪我去開會的是妳的劇本。」

來不及反應過來的我，毫無預警地迎上了宋大翔深深的注視。

……又來了。

我不明白，他爲什麼總是這樣呢？宋大翔爲什麼總是充滿自信，好像不管多麼困難的事，在他眼中都不是問題，他永遠那麼從容自在，宛如天生的領袖，讓人忍不住被他所吸引。

當我聽著宋大翔的嗓音在耳邊響起，看著他骨節分明的大手在白紙黑字的合約上滑過，我不自覺漸漸出神，甚至懷疑此時此刻會不會不過是一場白日夢境。

眞的，那種感覺太不眞實了。

當宋大翔對我微笑，我好像什麼都不顧忌了，也什麼都不在乎了。

Chapter 2

「所以呢？」方菲手上的串燒停在半空，「妳眞的答應了？」

我閉了閉眼，再次聲明，「沒有，我說我要考……」

「妳答應了。」小路半路殺出一句。

「我答應了？」我嚇了一跳，心頭大力一震，「我、我什麼時候答應的？」

「拜託，小姐，妳嘛幫幫忙，妳用一臉發花痴的表情說要考慮，但有眼睛的人都看得出來，妳根本就只差沒說『好好好，我願意』了。」小路老大不客氣地吐槽我，完全忘了我是他老闆，「嗳，溫編，妳該不會還喜歡宋大翔吧？」

「什麼喜歡！鬼才喜歡！」我否認，我眞的沒有喜歡宋大翔！

「不然妳幹麼答應去看葉司辰的演技課？」

我一時啞口無言，匆匆找了個理由搪塞，「只、只是去看看而已，又不代表什麼。而且我看的是葉司辰，又不是宋大翔！」

沒錯，我是爲了葉司辰，不是宋大翔！我說服自己。

「溫又芸，我認眞問妳，」方菲以竹叉子指著我，「妳答應的機率有多高？百分之五十？百分之七十？」

「八……」連個數字都沒說完整，小路一聲嗤笑害得我急忙改口，「七十八啦！百分之七十八！」

臭小路，扣你薪水！我瞪他，賞他一記無聲警告。

「Ok，不管是百分之七十八、還是百分之八十，或是不能更高了的百分之八十七，這麼高的機率等於是同意了啊。」方菲說著拍了拍手，「恭喜妳呀，新工作有著落了，口袋賺飽飽喔。」

沒料到她會是這個反應，我狐疑地蹙眉，「怎麼？妳不笑我？」

「幹麼笑妳？」方菲奇怪地歪了歪嘴，喝了一口生啤酒，「妳要是像之前那樣打死不接，我才覺得可笑。」

「哎喲，那是有原因的。」

「對！這樣才合理嘛！」她突然大叫，一副恍然大悟的樣子，「我後來回去想了很久，就算妳曾經寫情書給宋大翔好了，也不至於躲他像在躲債一樣吧？我看，你們之間一定還有什麼貓膩是妳沒說清楚的……說！溫又芸，妳今天就是要給我講明白！」

「沒錯！溫編，請妳從實招來！」小路這傢伙最會跟著喊燒。

昨晚逼供的場景再度重現，兩雙燃燒著八卦之火的眼睛緊盯著我不放，今天我改變了心意，不打算再瞞著他們了，反正也不是什麼大事。

「好，我說，我說就是了。」我嘆了口氣，伸手拿過桌上的啤酒灌下一口，淡淡的苦味頓時在喉間瀰漫開來，「你們也知道，我和宋大翔是同一間高中的學長學妹。」

「對，而且妳還喜歡他，」小路立刻舉手搶答，「喜歡到像個瘋狂粉絲，投稿情書到校刊社，蓄意高調告白！」

蓄意高調告……告你的頭！我眞的得要用盡全力，才能壓下因小路散播不實謠言而萌生的強烈殺意。

「沒錯，我『曾經』喜歡過宋大翔。」我盡量不帶情緒，平鋪直敘地說明，「但是，我並沒有寫情書給他，那篇刊登在校刊上的文章，不是情書。」

「不是情書？」方菲和小路對看一眼，「不然是什麼？」

簡單來說，那是一篇以宋大翔爲主角發想的文章。

雖然當時的我是喜歡宋大翔沒錯，但我只敢將這份心意藏在心底，怎麼可能如此張揚？只怪我不小心把那篇文章和另一篇要投稿校刊社的文章搞混，交了出去，也不知道負責評選的同學哪根筋不對，竟選中那篇文章登上校刊。

「然後！」我砰地一聲放下酒杯，「一夕之間，我成了全校的笑柄，走到哪裡都有人對我指指點點，大家都說我是有妄想症的神經病、沒有自知之明的臭三八，要我回去照照鏡子，照完就可以重新投胎了。」

「天啊，未免說得太過分了吧？」小路瞠大眼，爲我忿忿不平。

「還好啦，那個年紀的屁孩不都那樣嗎？」我擺擺手說道，時間都過去這麼久了，我早就不難過了，「我現在還是活得很好呀，哈哈哈。」

「然後呢？」始終不發一語的方菲喝了口啤酒，終於出聲。

「……然後，」對上她的視線，我收起笑容，這是最後一個然後了，「然後，我在無意間聽到了宋大翔對於這件事的回應。」

小路急著追問：「宋大是什麼反應？」

「他說……」我停頓了一下，彷彿聽見宋大翔鄙夷的話聲，與我的聲音重疊，一字一句，「他覺得很噁心。他還說，我寫的東西像是垃圾一樣，看了就令人反胃。」

想起宋大翔當時毫不掩飾的厭惡，對比現在他看著我微笑的模樣，我喝光最後一口啤酒，感受很是複雜。

「他、他以為自己是誰啊？」小路氣急敗壞地說，「溫編妳又不是故意的，他憑什麼這樣批評別人？」

「但站在宋大翔的立場想，被一個素不相識的學妹拿來做為寫作的素材，感覺也很不舒服吧？更遑論這篇文章還被刊登在校刊上，讓他無端成為眾人取笑的對象。」我並不因此責怪他，「要是我是宋大翔，一定覺得自己衰死了。」

「不過，」方菲靜靜地瞅著我，「他還是傷到妳了？」

聞言，我只是沉默，什麼話都沒說。

認眞回想才發現，原來宋大翔的一句話在我心裡分量如此之重，足以讓我好幾年都提不起自信，從那之後，宋大翔也從我全心戀慕的男神，變成了揮之不去的陰影。

「難怪……」方菲嘆息，似是想起了什麼，「大學系上寫作課，只要老師一說互相交換作品討論，妳都拖拖拉拉不肯拿出來，最後甚至蹺課不來，差一點就被當掉，原來都是宋大翔害的？」

「說是他害的就太牽拖了，是我自己的問題。」

「不對啊，溫編，宋大翔這樣傷害妳，妳幹麼接受他的邀約？」小路大力拍了下桌子，「我支持妳不要理他！不要接了，誰稀罕！」

「可是……」我微微張口，不知該如何解釋這矛盾的心情。

老實說，這並不是我第一次接到樹人的邀請，只是每一次我都找藉口回絕了，就是因爲宋大翔的緣故。

宋大翔眞的做錯了什麼嗎？他爲此感到不快本來就是情理中的事，況且他當時只是私下和朋友抱怨，然後碰巧被我聽見，他根本不曉得我因此躲了他好幾年。

那段宛如夢魘的過去其實是陰錯陽差下的結果，沒有誰需要爲此負責吧。

「哎喲，事情都過去這麼久了，宋大翔也不再認爲我寫的東西是垃圾了，沒事的啦！」我撐起笑容，努力驅散空氣裡的沉重，「而且，這是一個讓我揮別過去陰影，重新認識他的機會，衝著這個理由，答應也是一件好事。」

小路不再作聲，臉上卻滿是不理解。

方菲則深深地看了我一眼，不阻止，也不支持。

「希望如此。」她說，舉手又點了一杯生啤酒。

是啊，希望如此。

看著空空如也的酒杯，我同樣在心底這麼想著。

◆

幾天之後，我應邀來到葉司辰就讀的藝術大學。

這時我才知道，原來葉司辰不是戲劇系的學生，而是舞蹈系的體保生。當初被樹人挖掘，卻是在他校服裝設計系的畢業展上，擔任走秀模特兒的葉司辰，被樹人派過去的星探一眼相中。

這樣的背景，加上宋大翔的特別看重，我本來以爲葉司辰會是個値得期待的演技奇才，沒想到，我錯了。

而且是大錯特錯。

「那個，宋先生，」我眨了好幾下眼睛，「葉司辰他、他演的是什麼？」

「不小心被丟到洗衣機裡的充電器。」宋大翔回得自然。

我一時無言，緊盯著教室中央的……呃，葉司辰飾演的充電器。嗯，我眞的看不出來是充電器壞了，還是葉司辰本人壞了？

這堂表演課是特別爲了葉司辰開設的一對一課程，今天的課程主題是進行想像模仿的訓練，藉由賦予無機物生命，揣想其個性和背景，以及可能產生的行爲和遭遇，達到豐富角色的目的。

此時，表演老師高聲要求葉司辰加入更多情緒，葉司辰五官一皺，大概是想表現出充電器的恐懼無助，他浮誇地發出嗚嗚哭聲，使盡吃奶力氣擠出來的不知道是汗水還是淚水。

來人啊，請幫我點播一首阿妹的〈哭不出來〉。

緊接著，老師再次下達新指令，讓他自行想像出另一個角色，並與之對話。

只見葉司辰往前一撲，緩緩抬起手，像是撫摸著某個人的臉頰。如果演得好的話，我相信這一幕會很具渲染力，然而葉司辰演來，卻儼然是一具忘記上油的機器人，不管是肢體節奏或台詞，都卡到不能再卡。

「Jessica，來、來、來生再見了……」

Jessica是誰？來來來生是下下下輩子嗎？你根本就很討厭Jessica吧！

連續震撼之下，我在內心又點播了一首Jolin的〈你怎麼連話都說不清楚〉。

隨著表演課進行到檢討環節，宋大翔和我先行離開了教室。

天氣很好，陽光明媚，耀眼得讓我有種從奇幻世界回到現實人生的恍惚感，倚著被陽光熨得溫熱的走廊欄杆，我終於回過神來，好好思考剛才究竟看了什麼？

與此同時，宋大翔靠在沒有日晒的牆邊，忙著用手機處理公事。

上次我在方菲他們面前，決定將我和宋大翔間的恩怨歸零——單方面的，畢竟他根本不記得我——但這不代表我的專業程度也跟著歸零，我不知道宋大翔到底了不了解他正在冒什麼風險，但身爲一個專業人士，有些事情我非說不可。

例如，他滑手機的模樣眞他媽的好看……不對，溫又芸，妳爭氣一點！不是說好了要專業嗎?專業，沒錯，專業!

「那個，葉司辰是第一次演戲?」我開口問道。

宋大翔停下手邊動作，抬頭看向我。

「他是沒有多少演出經驗。」他沒有否認。

「沒經驗卻要獨挑大梁?」我又問。

「嗯。」宋大翔聳了聳肩，「妳知道的，時勢所逼。」

聞言，我不說話了。

如果葉司辰有演戲的天賦也就罷了，但依適才的上課情形看來，他的演技明顯仍是幼幼班，先不說這樣的劇本該怎麼寫、日後的拍攝工作又該如何進行，只要一想到要由他擔任男主角……

大哥，拜託別鬧了吧?

「溫編劇覺得很困難嗎?」見我沉默，宋大翔笑著問道。

豈止困難，簡直就是不可能的任務!

「如果可以的話，我建議你想想別的方法。」我向宋大翔說明我的疑慮，「以葉司辰目前的演技，根本撐不起一齣戲，也說服不了觀眾，到時候別說走紅，說不定……」

「說不定，葉司辰還會淪爲大眾的笑柄，對嗎?」

我一愣，只見宋大翔一派輕鬆、不以爲意的模樣，我忍不住蹙眉，立刻聯想到不好的方向，心裡感到很不舒服。

「莫非，」我不敢相信他會選擇這種做法，「這是你的策略？」

起初，宋大翔還聽不懂我的意思，認眞思索了一下，才笑出聲來。

「溫編劇，妳也把我想得太壞了吧？」他邊說邊笑，彷彿聽見了多好笑的笑話，「我怎麼可能故意給葉司辰招黑？雖然反向操作不失爲一種搏上位的方式，但失敗的機率太大，就算成功了，之後想反轉形象又得另費一番功夫。」

「不然呢？」我想也不想地追問，「明知道不會成功，爲什麼要走這條路？」

「誰說不會成功？我就是有把握會成功，才堅持走這條路啊。」

「你……」我的思緒被他沒來由的信心打亂了，「你哪來的自信？」

「因爲妳啊，溫編劇。」宋大翔微笑看著我，「我不是說過了嗎，有妳的故事，這齣戲一定會成功。」

又來了。

數不清是第幾次，宋大翔一再地肯定我的故事、我的能力，但這次我聽了卻一點也不覺得開心，他似乎想藉此轉移我的注意力，讓我不再把關注焦點放在葉司辰著實堪慮的演技上。

我沒有馬上反駁宋大翔，他太能言善道了，而我需要時間整理腦中紛亂的想法。另一方面，宋大翔似乎眞的很忙，一聲比一聲催促的手機提示音接連響起，他又低下頭繼續回覆訊息。

我並不想打斷宋大翔工作，尤其在他看起來已經應接不暇的時候，但我還是必須這麼做。

「宋先生，」我深吸口氣，「我想你可能誤會了。」

宋大翔停下動作，緩緩放下手機，抬頭看向我的雙眼分辨不出情緒。

「一齣戲劇的成功不僅要有好的劇本，好的演員也同樣重要，一個優秀的演員甚至可以運用自身的演技讓戲劇更添精彩，相反的，一個演員若是連基本的演技都沒有，劇本再好也沒有用。」我順了順氣，這才發現自己的心跳變得好快，「宋先生，你明白我的意思嗎？」

宋大翔依然靜靜地看著我。

或許是因爲他站在陰影底下的緣故，有那麼一瞬，我依稀看見宋大翔的表情閃過一絲深沉，甚至，他好像還不耐煩地嘆了口氣？

待我定睛想看清楚，他早已掛上微笑。

「我當然明白妳的意思。」他笑著點頭，同意我的說法，卻又接著說：「那麼，溫編劇，有沒有一種可能是我們破除傳統的操作模式，不是把演員塡入故事的架構中，而是專門爲某個演員量身打造故事呢？」

量身打造……我想起上次會面，宋大翔也是這麼說的。

「我不懂你的意思。」

「溫編，妳覺得葉司辰是什麼樣的人？」宋大翔又問了我一個看似不相關的問題。

葉司辰是個什麼樣的人？

我和葉司辰不過見了兩次，好，加上咖啡廳那次，總共只見過三次面，我該從何評論葉司辰是個什麼樣的人？

再說了，這和我們討論的內容有關係嗎？

「我對葉司辰並不熟悉，可是……」

我驀地停住話，眼前的宋大翔彷彿變成了另一個人，他仍然保持微笑，紳士地等待我的答案，但他的眼神就像盯著獵物般，充滿不言而喻的壓迫。

莫名的緊張襲上，我抿了抿乾燥的嘴唇，有股衝動想要逃離他的視線範圍。

我不懂，宋大翔到底在想什麼？

「大翔哥！溫編劇！」

葉司辰開朗的聲音一響起，我下意識猛吸了口氣，這才發現自己竟不自覺屏住了呼吸。而當我重新看向宋大翔，他眼裡那股強烈的壓迫已然消失無蹤。

「讓你們久等了，我下課了。」葉司辰走到我和宋大翔的中間，興許是察覺氣氛尷尬，他左盼右顧，各給我們一抹毫無心機的笑容，「怎麼了？你們剛剛在聊什麼啊？」

「沒什麼，我正好在跟溫編劇說你的演技比上次進步很多。」宋大翔說謊完全不臉紅，「溫編劇也說，司辰你是個很有潛力的演員。對吧，溫編劇？」

才沒有！我覺得他的演技爛透了！

我瞠大眼，這人自己造口業就算了，幹麼連我也一起拖下水啊！

「真的嗎？」葉司辰雙眼放光，衝著我感激地燦笑，「謝謝溫編劇！」

天啊，這個笑容未免太犯規、太閃亮。

「要、要繼續努力喔！」我有罪，我說不出實話，嗚嗚。

「我會的！溫編劇，我……」

「好了，葉司辰，我們要趕去下個地方了。」宋大翔伸手搭上葉司辰的肩膀，一邊溫和地看向我，「溫編劇，關於剛才的問題，我希望妳可以仔細想想。」

「什麼問題？」葉司辰一臉好奇，「還有，大翔哥，我們要去哪裡？今天不是沒行程？」

「和溫編劇說再見。」

「蛤？喔，溫編劇再見。」話音方落，就見葉司辰被宋大翔推著往停車場前進，只剩來不及反應的我留在原地。

為何這麼急著離開？難道我又不小心得罪宋大翔了嗎？

目送他倆的背影逐漸遠去，我呆立片刻，才轉身走往另一個方向。

✦

比起葉司辰是什麼樣的人，我更想知道，宋大翔究竟是個什麼樣的人？

此時此刻，我正坐在宋大翔的車裡，頭痛、頭暈又想吐，可憐兮兮地縮在副駕駛座；而駕駛座上的宋大翔專注地看向前方，單手操控方向盤，空出來的另一隻手則墊在我的頭下。

沒錯，宋大翔怕我不舒服，提供他的手讓我當枕頭。

我閉起眼睛，感受他的體貼溫柔，卻也忍不住懷疑……

這個世界是不是要毀滅了？

時間倒轉至兩小時前。

宋大翔問我想不想看葉司辰班上的舞蹈排演？就這一句話，讓我不顧小路「我看妳能嘴硬多久？」的眼神，風塵僕僕地再度來到葉司辰就讀的藝術大學，宋大翔就站在舞蹈系館的門口等我。

他一見到我，立刻收起手機，朝我微笑。

那讓我不自覺想到上次分開時的怪異感受。

後來我回去想了想，實在想不出自己有哪裡惹到他，大概只是我神經過敏，宋大翔根本沒生我的氣，否則他就不會特地打電話約我來看排演了，對吧？

「排演已經開始了，我們進去吧。」宋大翔往旁邊讓了一步，讓我先走。

推開舞蹈廳的隔音門，規律且磅礡的太鼓聲迎面而來，後聲追隨前聲，宛如夏日午後的悶雷。

宋大翔和我趕緊找了後方的座位坐下。

偌大舞臺空無一人，微弱燈光照亮了舞臺一角，隆隆鼓聲漸強，一名赤裸上身的身影騰空竄出，連續幾個俐落的側空翻，眨眼間躍入中央，他背對台下，倏地停住不動。

他深深地呼吸，肩膀隨之起伏。

鼓聲淡出，沙鈴塑造的風聲傳來，台上的舞者緩緩伸展雙臂，動作看來柔和，卻又強而有力，彷彿能看見他結實背肌上長了一對美麗的翅膀，就像是一隻爲了躲避雷雨而飛入森林的飛鳥，停在樹梢梳理被雨淋濕的羽毛。

就在這時，舞臺側邊急促的踏步聲，驚動了正在休憩的他。

飾演飛鳥的舞者警戒地張望，他的左右兩旁分別竄出一群穿著黑衣的舞者，他們壓低身體在台上奔馳，藉此宣示森林的主權，威嚇地圍住了誤闖領域的外來者。

這是一個引人入勝的簡單故事。

誤入森林的飛鳥遭到長年棲息在此的黑鳥族攻擊，寡不敵眾的飛鳥只能躲起來療傷，一名不認同夥伴行爲的黑鳥獨自離群，找到了受傷的飛鳥爲他療傷，愛苗在共同生活的日子裡逐漸滋長。

而在另一邊，戰無不勝的黑鳥族舉辦慶典歌頌族群的團結，卻遇上了更強大的外來侵略者。眼看森林即將淪陷，復原的飛鳥在愛侶的請託下，幫助黑鳥族守住家園，雙方盡釋前嫌，以一場歡樂愉快的婚禮畫下美好的結局。

整場表演由許多不同類型的舞蹈交織而成，充滿戲劇成分的演出展現了各個舞種的多樣魅力，儘管妝髮與道具都尚未齊全，卻已足以令人深陷其中，不難想像正式演出將博得多麼熱烈的掌聲。

「那是葉司辰吧？」我指的是那名擔任主角飛鳥的舞者。

結束演練的學生們齊聚在舞臺席地而坐，認眞聆聽指導老師的講評，上身只披著一件外套的葉司辰也在其中。

「嗯，是他沒錯。」宋大翔雙手環胸，嘴角勾起了若有似無的笑。我非常驚訝，「他明明就會演戲啊！」

宋大翔笑而不答。

半晌，台上的學生紛紛起身整理舞臺，同時高聲喧嘩談笑，我和宋大翔很有默契地移步到外頭說話。

系館不遠處是一片青青草原，我忍不住看了過去，不知道是不是注意到我的目光，宋大翔一句話也沒說，腳步就跟著我往草原移動。

「所以？」我偏頭看向宋大翔。

「嗯？」宋大翔也轉過頭看我，擺明裝傻，「什麼？」

「葉司辰其實是會演戲的，」說到一半，我覺得我得修正一下說法，「他其實是有演戲的『潛力』的。」

宋大翔理所當然地頷首，「對啊，我不是說過了嗎？」

喔對，他是這麼說過……不是啊，世界上有哪個人在看過那堂慘不忍睹的表演課後，還能認爲葉司辰是個有潛力的演員？

葉司辰今天與那天的表現落差太大，我都快不知道該如何正確評價他了。

「那看過今天的演出，溫編劇願意替他寫本了嗎？」

「什麼？」

宋大翔微笑看著我，「別忘了，我還在等妳的答覆。」

不得不說，葉司辰在表演方面有他獨特的魅力，就方才的演出來看，飛鳥一角是全劇最吃重的角色，不僅須得熟練更多的舞碼，角色情緒的拿捏與轉換也是一大考驗。

但葉司辰掌握得很好。

透過他的演繹，觀眾很容易理解角色的變化與成長，只不過……

「我還是不認為他有辦法撐起男主角。」我說。

宋大翔挑眉示意我繼續說下去。

「現場演出和電視劇拍攝是截然不同的概念。現場演出的臨場感可以讓人忽略演技的細節，這還是以一場舞蹈表演的標準而言，舞臺劇就得另當別論。而攝影機更會放大演員的表情，觀眾也能清楚聽見演員說出的每一句台詞，依葉司辰的表現，由他擔任男主角稍嫌過早，如果是配角的話，我覺得……」

「溫編劇。」宋大翔打斷我，明明嘴角還是上揚的，眼裡卻似乎沒了笑意，「我問妳的問題，妳有答案了嗎？」

「問題？」我遲疑了一下，「你是說，關於葉司辰是個什麼樣的人？」

宋大翔肯定地頷首。

葉司辰是個什麼樣的人？

首先，他是個體貼的人。從我第一次在咖啡廳見到他，就發現他對待服務生的態度很友善禮貌，主動整理好菜單才予以交還，過程中始終微笑以對；排練完整理舞臺的時候，他也會幫忙拿取女同學手上的重物，搶先收拾臺上的大型物品。更別說，他還將宋大翔和公司的紛爭攬在自己身上，這點認眞得有點可愛。

其次，他有點笨拙。明明是舞蹈科系出身，演起戲來肢體卻超僵硬，表演老師也忍不住取笑他是不是走後門才得以進入舞蹈系；但看過今天的排演，我毫不懷疑他的舞蹈功力，這樣的落差爲他帶來一種反差的萌感。

可我必須說，葉司辰最吸引人的特質，既不是俊帥的外表、也不是略帶青澀的氣質，而是他不畏懼挑戰不熟悉的領域，一遍一遍受挫，他仍一遍一遍從頭來過，眼裡燃燒的鬥志不曾熄滅，偶爾聽見老師的稱讚，他露出的笑容也能讓旁觀者由衷感受到一股鼓舞的力量。

葉司辰大概就是這樣的人吧。

當我把上述觀察告訴宋大翔後，他滿意地點點頭。

「就寫一個這樣的角色吧！」他說。

「蛤？你說什麼？」我登時傻眼。

「既然葉司辰無法駕馭別的角色，那就讓他做自己吧。」宋大翔說得簡單，「我希望妳按照葉司辰本人的個性，量身打造一個屬於他的故事。」

原來這就是「量身打造」的意思？不是給他一個具有挑戰性的角色，讓他用演技贏得觀眾的心，而是走偏門，爲他寫一個根本就是他的角色，讓他自己演自己？

「宋先生，你應該明白這不是長久之計。」我皺眉，不能接受。

「溫編劇，妳也應該明白，我沒有長久的時間。」宋大翔不覺得這是個問題，他循循善誘，「放心吧，我很清楚，這招只能用一次，等葉司辰紅了以後，我會持續安排他上更正規、更嚴格的表演課，他不會永遠都是只能演自己的葉司辰。」

「我還是不認為這是個好主意。」

「溫編劇，妳覺得我是個什麼樣的人？」忽然，宋大翔這麼問我。

宋大翔是個什麼樣的人？

我猛然抬起目光，直接撞入他眼裡的淡漠。

那種想要後退的感覺又出現了。

「呃，我和您不熟，恐怕沒有辦法評論。」

「不過見了幾次面，妳就摸透了葉司辰的個性，應該也能對我有所了解吧？」宋大翔皮笑肉不笑，「而且比起葉司辰，我和妳的互動更多。」

何止！我可是從高中就認識你了。

但這句話，我可說不出口。

「那個，宋先生你……」我全力控制眼神不要游移，拚命絞盡腦汁，「風度翩翩！沒錯，風度翩翩，然後……博學多聞！文武雙全！談吐不凡！然後、然後……」

「嗯，還有呢？」

「還有就是、就是……」

「溫編劇？」

我快崩潰了，我好想學《艋舺》裡的志龍哭著大喊一聲，爲什麼要逼——

奇怪，我的頭好痛喔。

正當這個念頭一閃而過，我立即眼前一黑。

「……溫編……溫編劇……又芸……」

再次睜開眼睛，只見宋大翔的臉靠得我好近、好近。

「我怎麼了？」我的頭痛得像是被人狠狠揍了一拳。

「妳被棒球砸到了。」宋大翔在我眼前舉起「凶器」，「妳不要慌，『兇手』已經去找擔架了，附近就有醫院，叫救護車可能比較慢，我待會直接開車送妳過去，好嗎？」

「哦，好，都好。」我痛得無法思考，根本沒聽懂他在說什麼。

不久，那幾名差點「以球害命」的大學生扛著擔架，把我送上宋大翔的車，我當時有些神智不清，好說歹說都不肯坐後座，在場幾個大男生拗不過我，只好把我塞進副駕駛座。

於是，就是這樣。

我在宋大翔的車上，坐在他的副駕駛座，墊著他體貼的右手當枕頭。

世界果然要毀滅了吧？

「還會痛嗎？」他分心瞟我一眼。

「嗯，好像腫起來了。」

「醫院快到了，妳休息一下。」宋大翔安撫我，要我閉上眼睛。

因爲頭暈的關係，我很快就睡著了。

只有幾秒而已。

喚醒我的，是宋大翔不悅的嘖聲。

「一群白痴大學生，走路不好好走，在路上玩什麼棒球，打到人還想落跑，你媽沒生膽給你是不是？」

難道是我昏頭了在做夢，宋大翔講話是這種畫風嗎？

「妳也是。請妳寫個劇本在那邊……以爲我很想……要不是看妳有收視……我才不把妳放在……居然還敢教訓我……」

他在說什麼？我痛苦地皺眉，宋大翔碎念的聲音實在有夠吵，窸窸窣窣、窸窸窣窣的，我一句話也聽不明白，更不願分辨他話中的意思，我只要集中精神就想吐。

「那個……」

宋大翔倏地停下那串自言自語的叨念，「妳醒了？」

我微微點了點頭，立刻引起一陣不適，「還要多久才到醫院？」

「已經到了。」他驅車彎進急診處，隨即下車請醫護人員幫忙。

急診室人來人往，根據檢傷分類，很快就有人過來查看狀況，大多數的問題都是由宋大翔回答，畢竟事發突然，我完全搞不清楚自己受傷的前因後果。

「溫小姐有輕微的腦震盪症狀，以防萬一，建議住院觀察一個晚上。」醫師說完，和護理師交代了幾句，再轉頭看向一旁的宋大翔，「溫小姐的朋友嗎？麻煩你到櫃臺辦理住院手續。」

等到宋大翔跟著護理師走出了病床隔簾，簾內的世界忽然安靜得有點迷幻，我一個人躺在床上，全身乏力地瞪著天花板。

希望宋大翔不會多看我醜到不行的健保卡照片一眼，拜託。

嗯，沒想到都橫躺進醫院了，我還有心力擔心這種雞毛蒜皮的小事。

要不是我多動一下就會暈眩得像是轉了三百圈大象鼻子，我真的好想打電話給方菲和小路，要他們趕快來醫院把我偷渡回家，不要留我一個廢物和宋大翔獨處。

「……妳還是一樣不懂得照顧自己。」

聽見熟悉的聲音，我登時僵直不動。

宋大翔就站在外面，與我只有一道床簾的距離。

而這句話，不是對我說的。

「誰叫你還是一樣貼心。」回應他的，是一道富有女人味的溫柔嗓音。

「哪裡。」宋大翔的聲音帶著笑意，「我只是不小心記得這裡有一位時常不按時吃飯的女醫師而已。」

誰？宋大翔在和誰說話？

我側過身，豎起耳朵，透過床簾底下的空隙，隱約看見宋大翔的皮鞋和另一雙黑色高跟鞋只相隔了兩步距離。

「你呀，」女醫師發出輕笑，「不要對別的女生太好，小心女朋友會生氣喔。」

任誰都聽得出來是在套話的大坑，宋大翔卻毫不猶豫地跳下。

「我沒有女朋友。」

「是嗎？」女醫師語音微揚，「那裡面的人是誰？」

床簾外面突然安靜了三秒。

我也跟著屏息了三秒。

「……同事。」宋大翔最後這麼回答。

還不是朋友，只是「同事」而已。

我不知道自己期待聽見宋大翔回答什麼，但是……好吧，說我們是同事還算好了，畢竟我還沒同意接下這份工作，硬要劃清關係，我和宋大翔連「同事」的邊緣都搆不上。

但我就是覺得有點那個。

那個，懂嗎？

「所以，」女醫師的聲音增添了曖昧，「我可以約你出去嘍？」

「醫師在工作時間公然邀約，沒問題嗎？」我可以想像宋大翔的嘴角勾起。

好了，夠了。

我是不反對男女正常交流啦，不過，Hello？Excuse me？我還在這裡耶，你們兩個可不可以換個地方，不要站在傷患的病床旁邊調情？

「咳！咳咳！」我咳了幾聲，提醒他們我的存在。

沒想到，這一咳可不得了。

也許是身體承受不住突來的震盪，我霎時眼冒金星、頭暈目眩，我撐起身子想讓自己好過一點，卻一點用也沒有。

說時遲那時快，床簾被人一把拉開，用膝蓋想也知道是宋大翔和那名女醫師來到我的床邊，我忙著頭昏眼花，沒時間招呼他們，就連和新朋友說一聲嗨的力氣都沒有。

完了，我真的不行了。

「溫編妳沒事吧？Shit！」

我吐了。

嘩啦啦地吐在宋大翔很貴的皮鞋上。

Chapter 3

隔天出院以後，方菲和小路幫我辦了一場去霉運派對。

「來！葉司辰，喝！」方菲往葉司辰面前放上一大杯啤酒。

「方菲姊，我不……」

「人家還是學生，不要這樣。」我白她一眼，伸手阻止。

「他是學生又不是小孩！成年了為什麼不能喝？」喝多了的方菲嗤之以鼻，繼續勸葉司辰酒，「來，我不管，給我喝！」

我朝葉司辰搖了搖頭，「不喝沒關係。」

「溫又芸。」方菲瞪我，「妳幹麼這麼掃興？」

「因為我他媽連一杯酒都不能喝！我不知道我來這裡幹麼！」腦震盪來喝個屁酒，辦這個派對只是拿我當藉口吧！

「哎喲，溫編，不要生氣嘛，」小路不知跑去哪了，現在才回座，「來來來，我早就設想好了，專程替妳準備了這個！」

他得意地一指，只見服務生端著一碗熱氣騰騰的大碗公走了過來。

「小當家特製！去去霉運走，大豬腳麵線！」

……老天爺，讓我死了吧。

我無語問蒼天，找了個角落把自己丟過去耍孤僻。

轉身之前，我看見他們交換了眼神，似是對我不合群的表現不以爲然，但沒人知道我不是因爲不能喝酒才生氣，我也不認爲自己在生氣，我就是有點……那個。

對，又是「那個」，懂嗎？

滿坑滿谷的沮喪全聚在胸口，不知從何而來，更不知如何排解。

「大翔哥說他有事不能來。」

我愣愣地看著葉司辰在身旁的空位坐下，吶吶回了句：「……喔，是喔。」

不用想也知道，宋大翔和那位漂亮的女醫師約會去了吧？本來嘛，若是讓我選，我也不可能放棄美女，選擇參加吐在他身上的「同事」出院派對。

事實上，打從我吐在宋大翔身上之後，我就沒再見過他了。

意識到這點，我的心口忽然痛了一下，一下下而已。

「葉司辰。」

「怎麼了，溫編？」

「他……宋大翔是不是在生我的氣？」

「不是！」葉司辰嚇了一跳，趕緊說明，「大翔哥今天有工作，他……」

「葉司辰，你傻傻的。」對於這個生硬的解釋，我意興闌珊，「你忘了，宋大翔現在只帶你一個藝人，而你在這裡，他哪來的工作？」

「是真的！他去電視台和長官洽談電視劇的企畫。」

我看向葉司辰，看見他眼底急切的眞誠。

「溫編，」葉司辰深吸了口氣，「我不怕聽眞話，請妳老實告訴我，是不是因爲我，妳才不肯答應寫本？」

看來，他很清楚自己的問題啊。

可是，葉司辰的問題眞的是問題嗎？我猶豫不決的原因眞的是因爲他嗎？

「葉司辰，我也請你老實告訴我，」我說，心中五味摻雜，「爲什麼你們那麼執著與我合作？我那麼難搞，拒絕你們那麼多次，與其一直耗費時間在我身上，倒不如找其他有意向合作的編劇，不是比較合理嗎？」

「只有溫編的劇本才是大翔哥想要的劇本！」葉司辰目光炯炯，自信地回答我的問題，「這是大翔哥親口告訴我的。」

我知道，宋大翔也不只一次和我說過這句話：他想要我寫的故事。彷彿一再強調，我就會改變心意。

而我也不得不承認，我的確改變了。

當他第一次說出這句話的時候，我確實很開心，開心到有點心慌意亂，根本沒辦法好好思考。然而，或許是因爲現在說這句話的不是宋大翔本人，同樣一句話聽在耳裡，我的心情卻沒了先前那樣的激盪。

原來他一句話對我的影響竟如此巨大。

但，憑什麼宋大翔想要，我就必須給呢？

經過這麼多年，爲什麼我還是一點長進也沒有？我早就不是那個看他一眼就能心花怒放一整天的高中女生了啊！

「我坦白和你說好了，葉司辰，你的演技不行。」這是我第一次當著演員本人的面說這麼重的話，「雖然宋大翔希望我安排你本色演出，避開你的缺點，但我爲什麼要這麼做？我不需要名氣，也不缺錢，何必勉強自己爲一個新人寫本？這對我有什麼好處？撇開宋大翔不談，你呢？你能給我一個理由嗎？」

葉司辰一怔，「我……」

「你們在聊什麼？怎麼聽起來好像在吵架？」嗅到了八卦的味道，方菲拉著小路一屁股坐到對面的空位，「還說我逼人家喝酒，妳看，妳都快逼哭人家了。」

「齁，欺負良家少男，溫編壞壞。」小路最會附和。

「我才沒有哭！」葉司辰抗議。

「好好好，沒哭沒哭。」方菲安撫得很敷衍，「那你們在聊什麼？該不會又在講劇本的事吧？」

不然我和葉司辰還有什麼可以聊？

我淡淡掃了方菲一眼，她倒是識相，不再揪著這個話題不放，醺醺然的眼睛轉了轉，馬上變更進攻對象。

「噯，屁孩，你家大翔哥到底是什麼樣的人啊？」

葉司辰板起臉，「我不是屁孩。」

「OK，不是屁孩的葉司辰，你家大翔哥……」

「大翔哥人很好！」葉司辰迅速回答，「他很照顧我，就像是我哥一樣。」

「是喔，那你知道圈子裡的人都是怎麼說他的嗎？」

葉司辰一頓，搖了搖頭。

聞言，我緊盯著方菲，不想錯過一字一句。

「溫編，妳……」小路好死不死發現我的異常專注，驚訝地張大了嘴巴，「妳完全沒聽過宋大的謠言嗎？」

我別開目光，抿了抿嘴，假裝沒聽見。

「路士懷，你用點腦子，溫又芸躲宋大翔躲幾年了？躲到像是有防護罩護體，只要『宋大翔』這三個字一出現，她的耳朵大概就會自動關閉吧。」方菲嗤笑。

葉司辰一頭霧水，「爲什麼溫編要躲大翔哥？」

「方菲！」我急急開口，不想讓葉司辰知道我的「宋大翔情結」，「妳快點說，圈子裡的人都是怎麼說他的？」

方菲和小路對看一眼，煞有介事地清了清喉嚨。

「第一，聽說宋大翔是個手腕極高的老狐狸。凡是他的藝人不想做、或是他不願藝人做的事，他絕對不會讓步，永遠是製作單位妥協，但他的藝人卻從未因此傳出大頭症的負面新聞。光是要打點好製作單位和媒體記者兩方的關係，需要多少手段，這點就不需要我多說了吧？」

「什麼啊？聽起來不是挺保護藝人的嗎？幹麼說他是老狐狸？」我和葉司辰不約而同認為這個詞彙用在宋大翔身上有點言重了。

「第二！」方菲大力拍手，拉回我們的注意力，「聽說宋大翔很花，凡是他看上的女人，沒有一個可以逃出他的手掌心。好幾個影視圈的女性工作人員都信誓旦旦地說自己曾和他有過一夜情。」

小路哈哈大笑，「溫編會不會也想和宋大來次一夜情？」

我想也不想，直接用力往他的頭上巴下去。

臭小路！會不會說話啊！

不過……我撇了撇嘴，對於這個謠言倒是不意外。

我從以前就清楚，宋大翔的桃花運有多旺。昨天那位漂亮女醫師不說，早在高中時期，多的是女生喜歡他，就連和我同屆的校花都對他有意思。

只要他願意，隨便招招手就會有女生主動靠近。

「各位客倌！故事還沒結束，最重要的是第三點啊！第三點！」方菲雙臂大張，示意我們靠近，她故弄玄虛地悄聲說：「聽說，宋大翔之所以在樹人升得這麼快，還在電視圈、電影圈、媒體圈都吃得這麼開，就是因為他背後有人撐腰。有傳言指出，宋大翔其實是被女富商包養的小狼狗。」

「騙人！」

「不要亂講！」

方菲兩手一攤，擺出一副「信不信由你」的表情，望著一臉天崩地裂的我和葉司辰。

「葉司辰，過來！」我理智線斷了，一把勾住葉司辰的脖子，「你快點告訴他們宋大翔不是這種人！」

「大翔哥才不是這種人！」葉司辰義正辭嚴地說道。

方菲摳摳手指，對我們忿忿不平的抗議置若罔聞。

「我不知道傳言是眞是假啦，這也不關我的事，但我倒是想勸勸你們，不要對一個人抱持過高的期望，要是哪天包裹在外的夢幻泡泡突然破了，幻滅的痛苦可是很難承受的喔！」方菲喝了一口啤酒，醉意迷濛的眼睛閃過一束精光，「尤其是妳，溫又芸。跌一次跤是不小心，跌第二次跤就是愚蠢了。」

「跌第三次呢？」小路舉手發問。

方菲露出了一個很狠的笑容，「那就叫活該！」

我明白方菲的關心，但我才沒那麼傻，三番兩次爲了宋大翔而跌跤，我只是、只是不相信宋大翔會是那種人……我的意思是，他那麼厲害，才不屑走裙帶關係。

他是宋大翔耶！他是不管在哪都走路有風的宋大翔耶！

「葉司辰。」半晌，我喚了身旁的葉司辰一聲。

「溫編劇？」甫從震驚中回神的葉司辰傻傻地回應我。

「回去告訴宋大翔，這個劇本我接了！」

沒錯，我一定要證明宋大翔才不是像謠言說的那樣！他的成功根本跟什麼富婆包養無關，就算沒有大公司的資源與支持也無所謂，單憑他一個人也能順利捧紅葉司辰！

✦

正式簽約以後，我把自己關在家裡整整一天一夜，什麼也不做，一心一意琢磨該寫一個什麼樣的故事。

由於這次的拍攝時間十分緊湊，沒有時間進行田野調查，我只能從以前累積的資料夾裡找尋靈感，過時的不能用，沒有新意的不能用，沒有商業利益的更不能用。

想著想著，直到太陽冉冉升起，我踩著晨光走出家門，來到空無一人的工作室，打開電腦，開啓新檔案，全心投入創作。

不知不覺到了上班時間，小路泡了杯咖啡，送到桌邊。

我忘了自己有沒有理會小路，等到我想起這杯咖啡時，一口未動的咖啡早已經冷了。

傍晚，天黑，天亮，又一杯冷掉的咖啡。

接著又是一個日夜的巡迴。

當小路再次送咖啡進來，這次我抬頭向他道謝，並端起這杯熱咖啡送至嘴邊。

「呼。」我伸了伸懶腰，看著進度不錯的稿子揚起了笑。

「溫編，心情不錯喔？」小路在一旁試探地說。

我閉起眼睛，點點頭，「很好啊。」

「那我可以跟妳說一件事情嗎？」

小路的話中有那麼一絲不對勁，我睜開眼睛，循聲望去，小路雙手握著手機，欲言又止，神祕兮兮的。

「發生什麼事了？」我問。

「這個嘛，其實也沒什麼，」小路閃爍其詞，「但說沒事，也不是什麼都沒發生……」

「路士懷！」

他倏地站直，「聽說宋大翔被刁難了！」

「被刁難？」我蹙眉，「被誰刁難？還有，是誰告訴你的？」

「就是我的大學同學啊，他在S台戲劇部工作，我跟他提過妳最近接了宋大的案子，之後會在S台播映。」小路小心翼翼地瞄了眼我的表情，確定生命安全無虞，才敢繼續往下說，「剛才，宋大去找S台的長官開會，氣氛不是很好……」

小路歪歪嘴，停住了話，似是想看看我會有何反應。

辦公室裡忽地陷入一片靜默，他看著我，我看著他，我們彷彿在玩誰先出聲誰就輸了的無聊遊戲，最後初入社會的小路終是按捺不住。

「溫編，怎麼樣？」他湊過來問，「妳不去看看嗎？」

「我為什麼要去？」我反問，「我去了會改變什麼嗎？」

小路本想反駁，卻在下一刻瞇起眼。

「哼哼，先別管宋大和電視台長官怎麼了，」他舉起食指指著我的鼻子，「溫編，妳和宋大鬧彆扭了？」

我打掉他的手，「哪、哪有？」

「哪沒有？簽約那天妳和宋大都怪怪的。」

對著小路一臉曖昧的八卦神情，我無法解釋，也不知道怎麼解釋。

宋大翔和我之間好像沒什麼事，卻也不是什麼事也沒發生。

那天簽約，我完全不敢正視宋大翔。

我不知道自己是怎麼了，我不敢看他，卻期待他跟我搭話，和我聊一些無關工作的事，例如關心我的身體有沒有好一點、今天天氣不錯啊、又或者問我爲什麼改變主意……諸如此類，什麼都好。

但他沒有。

確認完合約內容，我簽名，他簽名，結束。

宋大翔一句話都沒有多說，我也始終保持沉默，彷彿我們簽下的是就此決裂的契約。

爲什麼？

就因爲我吐在他身上？

但我是被棒球打到啊，腦震盪耶，又不是故意的。

「路士懷。」

「嗯？又想喝咖啡了嗎？」小路不知何時已經癱在沙發上玩手機，「不行喔，妳不可以再喝了，方菲交代我一天只能讓妳喝一杯，但妳這幾天嚴重超標了。」

「你覺得我該去看看嗎？」我小小聲地問。

小路安靜了三秒，接著像隻蝦子般迅速彈起身，讓人不禁讚嘆他的好腰力。

「去！」他指著門口，要我立刻出發。

當初小路來應徵助理，我應該問問他是不是身懷某些特殊才藝，像是催眠術之類的，因爲等我回過神來，重新感覺到心臟撲通亂跳時，眼前就是氣派的S台大樓門口。

我深吸口氣，走進電視台大門。

S台是個面向廣泛的媒體集團，舉凡戲劇、電影、綜藝、新聞、電視購物……想像得到的影視內容，S台應有盡有，而我踏入業界的第一齣戲劇，也是與S台合作。

S台這麼大的集團，最不缺的就是資金與人才，這也是宋大翔找上S台的原因，他必須在短時間內證明自己，而一個好的製作人能讓一切事半功倍。

搭電梯上到戲劇部門的樓層，我和祕書小姐打了招呼，順便探了一下口風，小路的報馬仔訊息來得即時，宋大翔還在總監辦公室裡開會。

「不好意思，溫編劇妳不可以……」

見我打算直闖辦公室，祕書小姐嚇出一身冷汗。

我示意她不要擔心，深吸口氣，伸手握住門把，儘管我心裡根本沒底。

「張總監，這和您當初說的不一樣，這齣戲……」

「我知道、我知道，我又沒說我不投資。」一個中年人的聲音從門內傳了出來，「但我後來仔細想過，與其匆促上檔，倒不如慢工出細活。你想，好不容易拿到溫編劇的劇本，要是欲速則不達就不好了呀。」

宋大翔默不作聲了一會兒，「可我也和您說明過了，我沒有太多時間。」

「小老弟，這可不是我的問題啊。」

可惡，現在進去一定很尷尬。

我咬緊牙根，硬逼自己推開辦公室的玻璃門。

「張總監。」趁他們還沒反應過來，我率先微笑致意，「好久不見。」

張總監驚訝地瞪大眼，「溫編劇！」

一旁的宋大翔抬起頭，他看著我，完全面無表情。

不得不說，那使我有點緊張。

「不曉得兩位介不介意我一起加入討論？」我問，笑得很是專業。

「當然不會！」張總監邀我入座，「歡迎、歡迎，坐坐坐。」

我遲疑了一下，空位緊鄰著宋大翔。

「不好意思。」我坐了下來，他沒說話，逕自往旁邊移了移。

「溫編劇今天怎麼有空來啊？不是在忙新劇本嗎？」張總監笑容滿面，按下分機請祕書小姐再送一杯咖啡進來，「我正和大翔說，要好好籌備妳的新作品，我一定會召集最好的劇組團隊，參與演員也不用說，絕對會是最頂尖的卡司陣容！」

「謝謝張總監如此看重我的作品，果然和您合作最讓人放心了。」我笑著道謝，腦袋如火如荼地快速運轉，「可是，空下來的檔期怎麼辦?不是說原來的接檔戲暫停拍攝了嗎?」

「那個啊，隨便找幾部戲重播就好了，小事!」張總監揮揮手，不當回事。

「可是……」

「張總監，我不建議您這麼做。」宋大翔插話，態度強硬，聲音也異常嚴肅，「據我所知，S台近幾年在週五時段重播舊節目，已經造成觀眾不滿，倘若連週日偶像劇的黃金檔期也重播舊戲，恐怕會重重打擊S台的形象。」

我不曉得在我還沒來之前，宋大翔和張總監是怎麼談話的，但依我對張總監的認識，他雖然爲人海派大方，卻極爲剛愎自用，很多建言都必須拐好幾個彎，委婉再委婉，才不會惹得他不開心。

而宋大翔的「進諫」顯然太過直接，一腳踩上張總監的地雷。

「大翔，你這是在指導我嗎?」

宋大翔愣了一下，彷彿這才意識到自己說了什麼。

「不是的，張總監，我的意思是……」

「我也同意宋先生的意見。」我突然出聲附和。

聞言，張總監的臉色更是一沉，感覺隨時都有可能關門送客，別說改檔期了，說不定連合作機會也將跟著飛走。

「張總監不要誤會，我之所以這麼認爲，並不是質疑您的策略。」我趕緊滅火，將話題帶往對我有利的方向，「只不過，您應該還沒看過這次的劇本吧？」

「廢話！」他悶悶地應聲，「妳不是還在寫嗎？」

「那您知道B台上一檔的《站住！前面的粉色條紋衫！》嗎？就是同時段收視率第一名，各方評價也很不錯的那一齣……」

「知道、知道，就是妳寫的那一齣戲！」張總監不耐地打斷我，「溫編劇，妳想說什麼就直說，不要拐彎抹角！」

要不是你毛多又玻璃心，誰願意浪費口水說這麼多啊！

我在心底偷翻白眼，表面上一臉的畢恭畢敬。

「不瞞您說，我這次的新劇本打算延續《粉條男》的熱潮，再次在性別議題上作文章。」我笑了笑，只見對座的張總監臉色不變，眼睛倒是亮了起來。

他點頭，示意我繼續說下去，「然後呢？」

「相信張總監也明白，現今最熱門的話題非LGBT莫屬，每每都能獲得極大的關注和討論，《粉條男》的成功也歸功於此。但比起《粉條男》那種一般大眾能夠輕易入口的男女愛情劇，我這次決定不打擦邊球，挑戰眞正的男男戀。」

「男、男男？」張總監嚇了一跳，「溫編劇，妳是認眞的嗎？」

不然我看起來像是在和你開玩笑嗎？

「張總監，除了文學劇、網路劇，台灣電視台仍然沒有一齣完全以同性戀爲主題的偶像劇。如果S台能在《粉條男》話題尚未完全退去的時候，趁勢推出一部更直面性別議題的作品，我敢保證，挑起的熱潮一定會比《粉條男》高出許多。」說完，我直視張總監的眼睛，露出篤定的微笑，「基於以上原因，這齣戲一定得盡快上檔，您說是吧？」

不過一杯咖啡的時間，宋大翔和我一同走出了張總監的辦公室，手上拿著的牛皮紙袋裡，裝著雙方簽好名的合約書。

站在光可鑑人的電梯前面，我們肩並肩，一語不發。

「那個，宋先……」

叮地一聲，電梯來了。

宋大翔不理會我，大步走進。

我來不及多想，趕緊跟了進去。

電梯門緩緩關上，阻隔了外界的聲音，在這個狹小、密閉的四方空間裡，宋大翔和我各據一角，安靜得像是互不相識的陌生人。

我不知道電梯從三十二樓抵達一樓大廳需要多長時間，我只知道這裡的空氣稀薄得幾乎快令我窒息，我動也不敢動，定定看著電梯門反射的影像，站在另一角的宋大翔雙手環胸，似乎正在閉目養神。

不知爲何，我覺得他在生氣。

而且，是生我的氣。

「宋先生，我……」

「溫編劇。」他語氣冰冷，「我現在不想和妳說話。」

我一時心慌，脫口而出：「不是簽約了嗎？爲什麼——」

爲什麼還要生我的氣？

「所以，妳希望我稱讚妳很厲害嗎？」宋大翔和我目光交會，「對於妳的不請自來，妳希望我有什麼反應？」

「我是因爲……」

「因爲妳覺得我沒辦法解決這件事，因爲妳覺得我說不過張總監，因爲妳覺得我需要妳的幫助，是嗎？」

「我沒有這個意思，我只是想幫忙。」

「溫編劇，不好意思，我不需要妳的幫忙。」宋大翔冷冷地瞪著我。

我不知道宋大翔到底在生什麼氣，我不奢望他會感謝我，但我怎麼也沒想過，我的好意換來的，竟會是他的冷漠與諷刺。

「宋先生，我今天之所以會來這裡，並不是質疑你的能力。」我深吸口氣，冷靜地替自己解釋，「我只是聽說你和張總監的溝通好像出了問題，而我和張總監曾經一起共事，或許他會看在我們的交情上願意讓……」

「怎麼？現在是嫌我不知好歹？」

當我的話被宋大翔無情打斷，再看到他臉上毫不掩飾的不屑，我傻住了。

有一瞬間，我幾乎發不出聲。

「爲什麼？你爲什麼要一直曲解我的意思？」我不懂，眞的不懂，「這齣作品不只攸關你的事業，也是我的心血啊，難道我不能爲此出一份心力？」

「話說得好聽，妳要不要回想妳剛才的表現？」

我心裡一震，「那是……」

「這才是妳的眞心話吧！」宋大翔冷冷一笑，眼中全是鄙夷，「我終於明白，溫編劇的作品爲什麼總是能夠獲得極高的收視率，就是因爲妳擅長利用社會議題，濫用大眾的關心，更懂得操弄宣傳手法、推波助瀾，難怪有人會批評妳的作品沒有深度，只是譁眾取寵的鬧劇！」

「你怎麼可以這麼說！」

「或許是因爲我很了解妳吧？別人可能不知道，但妳踩著他人收穫好處也不是第一次了，不是嗎？」宋大翔大步一跨，站到我身邊俯視著我，薄唇一開一闔，「校刊優選作品，《陪你在月球散步》，一年三班，溫又芸。」

叮地一聲，一樓大廳到了。

我對宋大翔的幻想也哐啷一聲碎裂了。

怔怔看著他換上淡漠疏離的微笑，宋大翔頭也不回地走出電梯。

✦

關於那篇被刊登在校刊上的文章，還有一件事情，我沒有完全向方菲和小路坦白，那篇文章不僅鬧得人盡皆知，還獲得當期校刊優選，我被記了一支嘉獎，並在朝會上公開領取獎狀和獎學金。

我以為宋大翔早就忘記了。

原來，他一直都認得我嗎？

「妳說他是不是講得太難聽了？」走在回工作室的路上，我忿忿不平地打電話向方菲訴苦，「我一片好心，卻被他當成、當成……」

「珍珠奶茶。」

「對！」我大喊一聲，咦？好像怪怪的，「不對！」

「微糖少冰，謝謝。」

「方小姐，我在跟妳講正經事，妳居然在給我買飲料？」我腳步一頓，不敢置信地說。

「溫小姐，不然妳是要我渴死是不是？」

「那妳說，宋大翔是不是很過分？要不是我，他根本要不回檔期，我幫他講話，他還生我的氣，說我……」

「表面關懷社會，實際上膚淺自私，利用爭議話題吸引大眾目光，企圖掩蓋追求商業利益的目的。」

「我才沒有！」我大吼，不顧路人投來的異樣眼光。

「那是宋大翔說的，可不是我說的。」方菲撇得一乾二淨，一點也不在意好姊妹的心情，盡往我心上戳刀，「順帶一提，妳已經在我耳邊重複『宋大翔很過分』八百次，我可以考默寫拿一百分了，妳倒是氣消了沒？」

氣消？我的氣要怎麼消？

「我就是覺得……」

「說句老實話，這次是妳做錯了。」

我啞口無言，「我、我做錯什麼了？」

「妳曾經說過，宋大翔是你們學校的風雲人物，沒錯吧？」

「對。」我應聲。

「他是不是一直都很傑出？不管是考試，還是其他方面？」

我再次附和，「他超厲害。」

「基於妳後來開啓了宋大翔防護罩，妳可能不了解他後來在職場上的發展，但妳應該還記得我上次跟妳提過的，宋大翔在這個圈子裡是出了名的老狐狸。」

「我知道！妳到底想說什麼！」幹麼突然和我傳「宋大翔教」啊？

「天啊，妳還不懂我的意思？」方菲的白眼大概已經翻過天邊，「像宋大翔這樣的人，天生高人一等，成長過程一路平步青雲，忽然被樹人貶下凡間直達冷凍庫，妳說他會開心嗎？」

「不、不開心。」

「那妳還不請自來，三兩下擺平他搞不定的合約，妳是嫌宋大翔還不夠慘，硬生生當著他的面將他的自尊丟進垃圾桶？」

「有這麼嚴重嗎？」我怯怯地發問，「但我也是爲了他，所以才……」

「溫又芸，請問宋大翔有請妳幫忙嗎？」

清晰的答案躍上心頭，我握著手機呆愣在原地。

是啊，如果宋大翔眞的需要我幫忙，他一定會主動開口，就像向我邀稿一樣，縱使我避不見面，他仍然不斷來訪，不氣餒地寄來一封又一封的電子郵件。

「就算是被拒絕，我也要親耳聽她本人拒絕我。」

宋大翔不是一個害怕碰壁的人，他清楚自己的能耐，並且再三嘗試，我的介入或許讓宋大翔少費一點功夫，但不代表沒了我，他就解決不了檔期問題。

我怎麼那麼自以爲是地插手他的工作呢？

「六十二號，珍珠奶茶好嘍！」

手機那一端的呼喊聲，拉回我的心神。

「我決定了。」我說。

「什麼？」方菲嚼著珍珠，含糊不清地問：「妳決定什麼了？」

「我要去找宋大翔說明白。」

「蛤？喂？喂？溫又芸妳是要去哪裡找宋——」

切斷手機通話，我立刻發訊息給小路，叫他不管用什麼手段，就是要把宋大翔的住家地址給我挖出來！

過了約莫五分鐘，小路的訊息傳送到我的手機，我非常驚訝他的高效率，他說他只是直接找葉司辰問地址。

「你沒說是我要的吧？」

「當然。我才不敢把自家老闆侵犯知名經紀人隱私的骯髒事說出去呢。」

「路士懷，我眞心覺得你活得不耐煩。」

看向窗外不知何時暗下的天色，我乾坐在大廈潔淨明亮的接待大廳裡，偶爾和小路閒聊瞎扯幾句，剩下的時間我全拿來用手機趕劇本進度，而每當我抬頭看向掛在牆上的時鐘，就會和坐在櫃臺的管理員對上眼，接著露出尷尬的微笑，再移開視線，如此重複不下數十次。

嗚，天這麼黑，風這麼大，宋大翔什麼時候才要回家？

「小姐？小姐？」

時間不曉得又過去了多久，沉浸在劇本裡的我隱約聽見呼喚聲，猶豫地抬起頭，赫然發現那人就站在我跟前，嚇得我差點把手機丟到他臉上。

「怎、怎麼了？」我懊惱地看著衝著我直笑的管理員，「有什麼事嗎？」

「沒事、沒事，只是想問您還要繼續等嗎？」他說，指了指腕上的手錶，「時間很晚了，已經十一點了喔。」

也就是說，我在這裡坐了將近七個小時？

我後知後覺地挪動屁股，果然感覺到久坐的僵硬不適。

「沒關係，我再等一下。」我這是考量已經付出的時間成本而做的決定，都等了這麼久，沒見到宋大翔也太划不來了。

或許是因爲無聊，管理員沒有回去崗位的意思。

「呃，請問還有什麼事嗎？」

「宋先生眞該好好珍惜像您這樣的女朋友。」

「蛤？」我一愣，連忙否認，「不不不，你誤會了，我不是他女朋友。」

「很多人一開始都是這麼說的。」他笑容滿面，給了我一個心照不宣的眼神，還拍拍胸口掛保證，「您不用擔心，保護住戶隱私也是我的工作內容之一，我一定會幫您保密的！」

不說還好，他這樣說我反而懷疑這棟大廈的管理是否周延了。

「謝、謝謝喔。」我乾笑，不想再多做解釋。

「不客氣，這是我應該做的。」管理員滿意一笑，看了看我又說：「和其他人比起來，我覺得妳看起來人比較好、比較善良的樣子，我一定會支持妳……哦，宋先生回來了。」

來不及理解他話裡的意思，我立刻轉頭看向大門，宋大翔終於……

和一個女人一起回來了。

他們相偕下了計程車，用「相偕」不太正確，因爲宋大翔幾乎是被人拖出車外，他明顯喝醉了，整個身子掛在女伴身上。

只見那名身穿緊身洋裝、腳上踩著高跟鞋的女子臭著一張臉，歪歪斜斜地拖著宋大翔進門，一看見管理員就放聲大吼。

「你瞎了嗎！還不過來幫忙！」

如此尖銳的噪音近在耳邊，宋大翔卻緊閉眼睛，沒有一點反應。

管理員趕緊跑過去，把醉成一灘爛泥的他接過去扶好。

高跟鞋在光亮的石材地板踩出憤怒的節奏，女子領在前頭，空氣中瀰漫一股濃濃的酒味，我不小心和她四目相接，換來她一記惡狠狠的眼刀。

「磁卡呢？」站在玻璃管制門前，女子不耐地吩咐，「快點開門啊！」

「宋先生，請問……」

「靠，他都醉成這樣了，問他有屁用？」

管理員不理她，仍然搖晃著宋大翔，企圖讓他清醒過來。

「宋先生，請問您認不認識這位小姐？」

「你是白痴嗎！什麼叫他認不認識我！我告訴你，我是他女朋友！」女子抓狂，伸手就要翻找宋大翔的口袋，「磁卡呢？鑰匙呢？快點拿出來！」

「小姐，請您自重。」管理員略一側身，用身體擋下女子肆無忌憚的舉動，「爲了維護住戶安全，我必須確認您是否為宋先生的朋友。如果無法確定的話，很抱歉，我不能讓您進去。」

女子瞪大眼，整個人像是快要爆炸了，「我要怎麼證明？我都說了我是他女朋友！身分證會寫嗎？健保卡會寫嗎？他醉成這樣，我把他安全送回家，計程車錢還是我付的，陌生人知道他住在哪裡、還幫他付車資嗎？」

「基於安全，未經住戶同意，就不能讓您進入住戶的住處。請放心，我會負責把宋先生送回去。」

「我懶得聽你在那邊放屁！你現在是要我自己滾蛋回家？」

管理員不卑不亢，「很抱歉，這是規定。」

雙方陷入僵局，我注意到掛在管理員肩上的宋大翔微乎其微地動了動。只有一下下而已。安管人員沒有察覺，我不禁懷疑是自己眼花了。

「我不管，現在就開門讓我進去！」女子大力拍打玻璃門。

嗯？宋大翔是不是又動了？

「小姐，規定就是規定。」見她逐漸失控，管理員的態度變得強硬，「要是您再無理取鬧，我就要請警察來了。」

衝突一觸即發，但我已沒有心思關注他們的談話，我緊盯著宋大翔，我很確定他正在醒轉，他蹙了蹙眉，似乎不是很舒服。

「叫啊！你叫啊！我警告你，你要是不讓我進去，我就投訴你。」

「他要吐了！」我驚覺宋大翔猛地乾嘔了下，下意識放聲大喊。

管理員聽見我的喊叫，轉身朝我看來，命運就是這麼奇妙，這一個華麗麗的轉身，好巧不巧把宋大翔送到女子面前。

嘔地一聲，世界安靜了，下一秒響起的，則是來自地獄的驚聲尖叫。

看著那女子毀於一旦的緊身洋裝和名牌手提包，我在心底寫了個大大的慘字。

「我受夠了！」她崩潰大吼，用力撞開管理員，「我要回家！」

高跟鞋的叩叩聲再次響起，並且逐漸遠去。

少了噪音製造者，接待大廳頓時安靜了下來，只剩下傻眼的我、無辜的管理員，以及要醒不醒的宋大翔。

「那個，」我慢慢地走了過去，「他還好嗎？」

慘遭嘔吐物肆虐的地板宛如一幅狂放的潑墨山水，管理員一邊扶著神智不清的宋大翔，一邊察看他除了喝醉以外，身體是否出現其他異狀。

我有點擔心，伸手替宋大翔撩開額上汗濕的劉海。

「溫、溫又芸？」似乎感覺到我的碰觸，他迷迷糊糊地睜開眼，嗓音低沉沙啞，「妳怎麼會在這裡？」

管理員眼睛都亮了，「宋先生，您認識這位小姐嗎？」

「她是我的……」宋大翔身形一晃，我趕緊撐住他另一邊肩膀。

很好，他又睡過去了。

「小姐，既然你們認識，宋先生就交給您了。」

「蛤？什麼？」我完全措手不及，「等等！可是，我不……」

話還沒說完，管理員便放開宋大翔，讓他靠在我身上，我被他全身的重量壓得差點站立不穩，接著管理員上前一步，拿出外套口袋裡的萬用磁卡，快速刷開玻璃門，並對我露出燦爛的微笑。

「歡迎回家。」

歡迎個頭啦。

我傻眼地看了看管理員，再看了看昏迷不醒的宋大翔，此時在我面前打開的，彷彿是通往未知的地獄之門。

來人啊，誰可以把剛剛那個女人叫回來？

✦

宋大翔住在A棟十二樓。

我像是一隻步伐蹣跚的老牛，使盡吃奶的力氣半扶半拖著宋大翔走出電梯，好不容易來到他家門前，卻面對緊閉的大門束手無策。

「好，很好，現在是要整死我就是了？」

宋大翔被酒精醺紅的臉貼著我，但我沒有半點小鹿亂撞的緊張感，滿腦子只想著該怎麼找出他家的門禁卡。

在他連站都站不穩，且人事不知的情況下，我別無他法，只能讓他先靠著牆坐在地上。

我吐了口大氣，調勻呼吸，假裝自己正在葉司辰的表演課堂上，冷靜沉著地催眠自己：

現在的我是一個罪犯，目標是躡手躡腳地從宋大翔身上搜索出門卡鑰匙。

西裝內裡暗袋。沒有。

西裝右邊口袋。沒有。

西裝左邊口袋。沒有。

西裝褲後的皮夾……有沒有天理啊，爲什麼這人連證件照都那麼好看？

摸索了大半天都找不到磁卡，我開始有點緊張。

看著睡得彷彿天塌下都不會察覺的宋大翔，我嚥了嚥口水，擦了擦手心沁出的冷汗，終是無可避免要到這一步了。

他西裝褲兩側口袋看起來都很平坦，我判斷不出哪個口袋放著磁卡的機率比較大。

怎麼辦？

我眞的要伸手去找嗎？

要是不找的話，宋大翔就要在自家門外睡一個晚上？

雖然地方不甚舒適，但至少遮風擋雨、不用擔心著涼……可是、可是，好歹他也是個有頭有臉的人物，被左右鄰居看到還得了？

「不管了，反正我又不是在做什麼壞事，我是爲了他。」我對自己喊話，下定了決心。

對了，宋大翔是右撇子，東西應該會放在右邊口袋吧。

我瞇起眼緩緩將手伸進宋大翔西裝褲的右側口袋，他溫熱的體溫像是會燙人般，我得強忍住才沒縮手，繼續往口袋深處探去，同時感受到他結實的大腿肌肉。

口袋裡什麼都沒有！

我快速抽回手，感覺心臟撲通亂跳。

原來他藏在西裝底下的肌肉這麼——不對！溫又芸，妳在想什麼啊？妳正在日行一善，不可以胡思亂想！

我大力甩手，想把那既Q彈又溫暖的觸感甩掉。

好的，再加把勁！溫又芸，妳快成功了，現在只剩下左邊口袋了！

我爲自己打氣，鎖定目標，再次出擊——

「妳在幹麼？」

一手停在他的大腿上方，我猛然抬頭，直直撞進宋大翔的眼睛，我的心跳瞬間漏了一拍。

「不、不、不是，事情不是你想的那樣，我只是……」

對於我慌張的澄清，宋大翔根本充耳不聞。他搖搖晃晃地起身，一手從西裝褲左邊口袋取出磁卡，嗶嗶兩聲，安全鎖自動開啓，宋大翔推開門，往裡面跨了一步，然後，停住。

「妳不進來嗎？」他側過身問我，眼神迷濛。

「啊？進去……」我腦中亂成一片，下意識應聲，「喔，好，我進去。」

宋大翔不再理會我，逕自走進家門。

等等，我幹麼答應啊！

我在內心瘋狂吶喊，卻沒有勇氣轉身一走了之，猶豫許久，我咬牙跟著走進宋大翔他家。

宋大翔沒有開燈，屋裡昏黑一片。

我站在客廳不知所措，不知是從浴室還是廚房傳來嘩啦啦的水流聲，窗外的燈光透進一點亮度，隱約能辨見家具的輪廓。

宋大翔從黑暗中走了出來，見到我竟歪了歪頭。

「喔，我忘記妳在這裡了。」他說，眼睛緩慢地眨了下。

我頓時了然，「宋大翔，你是不是還沒醒？」

他想了想，慢吞吞地說：「可能吧？」

「那你還好嗎？」

「不錯……妳要喝水嗎？」他傻裡傻氣地天外飛來一問。

如此前言搭不著後語，我可以肯定他真的還沒醒，或者應該說，他還在醉著。

「好，謝謝。」我有點想笑。

「不客『趣』。」他轉身往廚房移動，「還有，開關在牆上，自己開燈。」

天啊！哪有人像他咬字不準也那麼可愛……不對、不對，溫又芸，難不成妳也喝醉了嗎？不要忘記自己來這裡的目的。

等一下，我來這裡幹麼？

喔對了，和宋大翔說清楚！沒錯，我是來找他說清楚的！

哐啷一聲傳來巨響，震破了深夜的寂靜，連帶震散了我腦中的眾多思緒，我急忙開燈，並循聲趕過去。

宋大翔低頭看著碎成一地的玻璃水杯，一動也不動。

他愣在原地，好像不知道該怎麼動手收拾。

「你怎麼……」話說到一半，我眨眨眼，閉口不語。

現在的宋大翔不是平時的宋大翔。

意識到這點，我小心翼翼地走近，把宋大翔拉離滿是碎玻璃的地板。

果然，他沒有抗拒，乖順地跟著我走。

「杯子破掉了。」

「沒關係，這裡讓我來清理就好。」我像是和小朋友說話一樣，直視他的眼睛溫聲叮嚀，「你去客廳休息，或是直接去房間裡睡覺也可以，我會整理好的，不用擔心。」

他遲疑，不放心地蹙眉，「真的？」

「眞的。」我用力點頭，給他一個承諾。

宋大翔直勾勾盯著我，彷彿在確認我是不是在騙他。

過了半晌，宋大翔終於肯乖乖拖著和平時相比氣勢全滅的步伐走回客廳，我也總算能呼出了一口大氣，都怪他專注的視線害我忍不住屏住氣息。

等我收拾好殘局，已經是凌晨十二點。

聽話的「睡美男」側躺在灰藍色的長型沙發上，睡得正酣，眉間舒展，呼吸平緩，看來已沒了醉酒的不適。

我站在客廳中央，隔著一小段距離看他。

安靜的深夜裡，見宋大翔睡得如此安穩，他今天對我的橫眉怒目、與女子同歸的酒醉失態，以及剛剛在廚房失手打破的水杯……那些混亂的場景好似都未曾發生過。

「難怪有人會批評妳的作品沒有深度，只是譁眾取寵的鬧劇！」

我想起宋大翔對我的評價，此時的我卻絲毫不感憤怒，只是嘆了口氣，有什麼好生氣的呢？類似的批評我不是早就聽慣了嗎？何必感到失落不平？

就算說的那個人是宋大翔也一樣，不是嗎？

沉浸在睡夢中的宋大翔發出小小聲的夢囈，臉上沒了下午的凶狠嚴肅，也少了平時的成熟幹練，取而代之的是幾分我曾經見過的稚氣。

就像是高中時期的他。

「別人可能不知道，但妳踩著他人收穫好處也不是第一次了，不是嗎？一年三班，溫又芸。」

不知為何，我總覺得下午他那聲「溫又芸」，喊的不是站在他面前的我，而是當年正就讀一年三班的我，就連宋大翔也不是現在的宋大翔，而是高中二年級的他。

有時候，我覺得自己好像從沒離開過那段與宋大翔有關的回憶。每想起一次，記憶便越加深刻，而我獨自徘徊其中，彷彿身陷找不到出口的迷宮。

我別開視線，不再盯著宋大翔，試圖把注意力轉移到其他地方。

宋大翔的住處如同他帶給人的感覺。

裝潢品味高雅，家具與擺設看得出價格昂貴，屋裡一塵不染，找不到隨手擺放的雜物，每一處都整潔得出奇，幾乎不見任何有使用痕跡的生活用品，就像是美則美矣，卻沒有一絲人味的樣品屋。

這是「家」嗎？這就是宋大翔的「家」？

我信步走到他的電視櫃前，腳步一頓。

偌大的電視櫃裡擺滿了影片收藏，類型眾多，舉凡東西方懷舊經典、現代爆米花片、歐美影集、宮崎駿動畫等等，應有盡有。

「天啊，這是……」我不敢相信自己的眼睛。

我按捺住內心的激動，快速瞥了眼依舊睡得香甜的宋大翔，一手早已悄悄打開櫃門，顫抖的手指洩露出滿溢的興奮。

《溫婉玉》這部電影恰巧在我出生那年上映，講述一名夢想成爲演員的農村女子，經歷重重考驗，甚至被迫放棄一段刻骨銘心的愛情，最終才得以圓夢。

第一次觀賞這部電影，是在我大學一年級的時候，當時我和班上同學前去觀賞經典影展，看完之後深受震撼，好一段時間都沉浸在電影的後勁裡走不出來。我費盡心思想要購入早已絕版的DVD，卻始終徒勞無功，失望得在家裡嚎啕大哭。

我就是如此喜歡這部電影。

所以，當我在宋大翔家裡看見《溫婉玉》時，心中的欣喜無以復加。

前前後後翻看數次DVD片盒，我一字一句細細讀著背面的文字介紹，飾演溫婉玉的演員宋嘉玉正當青春，美得不可方物，光是看她身穿旗袍的古典姿態，就可以讓我配好幾碗飯。

「眞好。」我摩娑著DVD，捨不得放手。

「妳在幹麼？」

「對、對不起，我只是……」身後突然傳來聲音，我嚇得全身一抖，連忙扭頭看去。

宋大翔並沒有醒來，他眉宇打結，嘴裡呢喃，只是在做夢。

那個夢似乎讓他很難受，他的呼吸變得急促，冷汗逐漸浸濕了他的衣領。

我猶疑著不敢上前。

我該過去嗎？我能靠近到什麼程度？

不過是做噩夢而已，應該沒什麼大不了吧？

種種思緒在腦中掠過，我說服不了自己置之不理，也抑制不了想要邁步的衝動，於是慢慢走了過去，蹲在沙發旁邊，握住他發冷的手心。

「宋……大翔，」我有些緊張地輕捏他的手，「沒事的，只是一場夢。」

「不要走……」他猛地反手用力抓住我。

很用力，就像是他從未擁有過任何東西一樣。

那讓我有點想哭。

直到睡夢中的宋大翔恢復平靜，我才輕手輕腳離開他家，頂著管理員的微笑，搭上計程車返回住處。

簡單洗過熱水澡，躺在熟悉的床上，我看著天花板，始終無法入眠。

「不要走……」

每當我閉上眼睛，就會聽見他懇切得令人心痛的聲音。

我一定是個笨蛋。

坐在S台一樓的咖啡廳裡，我抓著頭髮，懊惱得想要大叫。

我怎麼就把《溫婉玉》的DVD帶回家了？

想起今天早上在包包裡發現《溫婉玉》時的驚慌失措，我恨不得催眠自己只是遇到了DVD界的安娜貝爾，它是自動跟著我回家的……

我該怎麼和宋大翔解釋？

他會相信我不是故意的嗎？

可、可是，這也不能怪我啊，要不是被他的夢話嚇到，我也不會一時失手……天啊，這話連我自己聽起來都像是狡辯！

我快瘋了，乾脆叫小路幫我偷偷快遞回去算了！

「不好意思，昨天麻煩妳了。」

伴隨著熟悉的聲音響起，對面的椅子被人拉開。

我慢了好幾拍才敢抬起頭，只見宋大翔坐得直挺挺的，全身緊繃，臉上揉雜了無奈、煩躁、悔不當初等情緒，活像不小心和我一夜情似的。

「那個……」我方才兀自沉浸在思緒裡，沒聽清他說的話，「你剛剛說什麼？」

宋大翔不耐地嘆了口氣。

我之前從沒見過這樣的他。根據我合理的推測，昨天在S台電梯裡扯破臉後，他已經懶得在我面前裝出一副風度翩翩、斯文有禮的模樣了。

好啊！那我以後也不需要跟他客氣！

「昨天晚上，我喝醉了。」他不甚情願地開口，語氣倒是帶著一些不好意思，「抱歉麻煩妳送我回家。還有，謝謝妳幫我收拾弄破的杯子。」

不只道歉，居然還有道謝，儼然就是個二合一大禮包。

「喔。」我驚訝地眨了眨眼，「沒、沒關係啦，應該的。」

我說的是實話，眞心不騙。

明明昨天那麼氣我，今天他還能拉下臉特地前來向我表示歉意，光是看在這一點的分上，很多事都可以不必計較。

再說了，我現在可是偷竊犯，我把他的DVD偷回家了耶！罪惡感深重的我，滿腦子只想著要怎麼坦白罪行……

God！溫又芸，妳到底爲什麼會把事情搞成這樣啊？

「那麼，」宋大翔摸摸鼻子，「昨晚妳來找我，有什麼事嗎？」

「蛤？喔，那個啊，」我有些倉皇，不知道該怎麼說才好，「咳，我之所以會去你家，其實、其實是要向你道歉的。」

「不需要道歉，我……」

「還有，我也希望你向我道歉。」

宋大翔愣住了。

「我必須向你道歉，昨天的事情是我思慮不周，我沒有考慮到你的立場，自以爲是地擅自行動，造成你的困擾，我眞的覺得很抱歉。對不起。」我低下頭，誠懇地𨈂鞠了個躬。

直到我直起身，宋大翔依然不發一語，臉上面無表情。

這下好了，氣氛比先前更尷尬了。

我並不意外宋大翔會是如此反應，他這個人向來高傲，除非眞認爲自己有錯，否則絕對不會輕易服軟，更遑論開口道歉。

「宋先生，你可能不知道爲什麼我需要你向我道歉，希望你不要覺得我是在找碴，可是我、我……」我緊張到舌頭都要打結了，卻仍然無法將心中所想清楚表達，只得略帶自暴自棄地說：「好啦，其實我也不是一定……」

「對不起。」他說。

我倏地朝他看去，懷疑自己是不是聽錯了。

「咦？你說什麼？」

「對不起。」宋大翔揉了揉眉間，眼裡盡是藏不住的疲憊，「老實說，張總監臨時變卦已經不是第一次，我早就很煩躁了，這次我費了好一段時間都說服不了他，而妳一來，隨便幾句話就讓他改變主意……」

「那是因為我和他有交情！」

「我和他就沒有嗎？」宋大翔輕笑一聲，充滿無可奈何，「算了，我自己也很清楚，沒有樹人支持的我，沒有利用價值，原本可以為我敞開的大門，現在全變成了此路不通的死巷。我之所以生氣，很大部分是嫉妒妳吧。」

他淡淡一哂，似是全然接受了此刻的處境。

眼前的宋大翔幾乎完全變了個人，他的外表依然光鮮帥氣，卻少了過往那彷彿永遠勝券在握的自信。

我該安慰他嗎？

他聽得進我的安慰嗎？

「張總監本來就很奇葩。」

我還是忍不住安慰他了。

宋大翔明顯一怔，「什麼？」

「我說，他本來就很奇葩啦！」我擺擺手，故意裝出一副很受不了的樣子，「你不知道，我的第一部戲就是和他合作的，他從以前就很難搞，什麼都想管、什麼都想改，管東管西，根本住海邊。有一次更誇張，他居然說男主角的名字和他犯沖，非要我改掉！是怎樣？他是要跟男主角結婚嗎？關他屁事啊！」

「嗯。」宋大翔吶吶地附和我，「的確是不關他的事。」

「就是說啊！所以，宋先……宋大翔，我可以叫你的名字嗎？」我小心翼翼地問，見他無所謂地聳了聳肩，我的心臟像是快要炸開了，「你不覺得這件事不是我和你的問題嗎？千錯萬錯，都是奇葩張總監的錯，都是他害的！既然我們已經向彼此道過歉了，古人說得好，昨日種種譬如昨日死，就忘掉過去的齟齬吧，我們和好？」

我猛地朝他伸出手。

天知道我必須耗盡全身力氣，才能克制自己的手不發抖。

宋大翔愣怔片刻，忽然笑了出來。

「雖然我不記得曾經和妳好過，但……」宋大翔的手故意停在半空，見我瞪他，才失笑握上，「Ok, we're cool.」

感受到他手心的溫暖，我鬆了口氣，與他相視一笑。

後來，宋大翔主動說要請我喝咖啡，爲昨日的失禮賠罪，我想起上次忘記帶錢包的糗事，不肯讓他付帳，經過一番帳單爭奪戰，由我獲得最終的勝利。

「只不過是搶著付一張帳單，妳有必要強調自己『工作安穩』、『衣食無缺』嗎？這種理由妳居然講得出口？」宋大翔瞇起眼，「敢情妳是在諷刺我工作不保，未來將會流離失所？」

我那麼孬種，當然不敢承認自己拿他被公司冷凍的事情開玩笑，然而念頭一轉，我便聯想到昨夜那名送他回來的女子、上次那位在急診遇到的女醫師，還有管理員口中的「很多人」。

以及，他在夢裡要對方不要離開的那個人。

「反正就算你眞的破產了，大概也不愁沒地方住吧。」我說，語氣就和我手中這杯咖啡嘗起來的味道一樣，餘味回酸。

宋大翔挑眉，「此話怎講？」

「雖然你可能不記得了，但昨天可是有人大聲宣告她是你的女朋友喔。」我在拿話試探他嗎？也許吧，「如果我沒看錯，她手上拿著的可是最新款的名牌包。以你女朋友的財力來看，你不用擔心會流落街頭。」

「昨天？誰啊？Ruby？」宋大翔蹙眉回憶，搖了搖頭，「Ruby不是我女朋友。」

他說，她「不是」他女朋友，而非他「沒有」女朋友。

「那……那位女醫師呢？」

「算是朋友吧。」宋大翔的手機提示音響起，他一邊回答我，一邊回覆訊息，「她是皮膚科醫師，我以前有幾個藝人很喜歡她，非她的門診不看。」

「那你呢？你也……」你也喜歡她嗎？話還沒說完，我便驚覺自己的踰越，連忙改口，「我的意思是，她是皮膚科醫師，那你去找她幹麼？你是皮癢嗎？」

宋大翔手一頓，抬眸看了我好幾秒。

「妳才欠揍。」

如果我說，我因爲他罵我而有點竊喜，會不會很像變態？

我早過了相信寶寶是從石頭裡蹦出來的年紀，我很清楚知道，他和那些女生即使不是男女朋友，也不可能是清清白白的純友誼關係，可對於昨天以前、甚至是高中時期的我來說，能與宋大翔坐下來喝杯咖啡，輕鬆閒聊一些無關緊要的五四三，簡直是過去的我無法想像的天方夜譚。

所以，儘管他罵了我，我應該還是可以開心一下吧？

一下下就好了。

我偷偷看了一眼坐在對面的他，忍不住把微笑藏進咖啡杯中。

由於這次新戲的前置作業期間比一般戲劇短了許多，即使S台傾注所有資源，時間仍然非常緊迫。所謂「非常時期有非常手段」，S台和我達成了額外的協議，除了密切參與前置作業，正式開拍後，若有需要，我必須進組幫忙。

這也是我今天出現在S台的原因，待會將和張總監召集的劇組工作人員碰面，並夥同導演討論即將在週末舉行的不公開試鏡會。

我有預感，這齣戲一拍下去，將比同時接三部戲的編劇還要累。

「時間差不多了，我要去開會了。」我看了一眼手機，不得不先離開，「改天……」

「一起走吧。」宋大翔跟著起身，「我差不多要去接葉司辰了。」

「我以爲那是助理的工作？」

宋大翔淡淡睞我一眼，「妳以爲現在的我、還是葉司辰能配有助理？」

Oops，說錯話了。

我歪歪嘴，做了個鬼臉。

「那你今天來電視台是？」

「洽談幾個工作。」宋大翔接過我沒喝完的咖啡外帶杯，好讓我空出手背上背包，「雖然葉司辰主要心力會放在新戲上，但雜誌、廣告這類曝光率高、又不吃重的工作能拿多少算多少。」

我理解地點頭，「那他之後……」

「溫又芸！」就在這時，我的名字忽然響徹了整個樓面。

方菲站在咖啡廳入口，驚訝地張大嘴巴。

我也瞠大了眼睛，嚇得無法言語。

「妳朋友？」宋大翔循聲看向方菲，沒注意到我的表情，「我好像在哪見過她，是哪個節目的工作人員嗎？」

「呃，好像是《星光之夜》，就是那個專做人物專訪的節目，她是編導。」我用眼神阻止方菲靠近，同時希望宋大翔趕快離開，「宋大翔你可以先走沒關係，我……」

可惡，來不及了，她來了。我差點沒哀號出聲。

「嗨，宋大經紀人，久仰大名。」方菲快步跑近，對我倆燦爛一笑，「不好意思，我借用一下我的好朋友說幾句話。」

沒等宋大翔回應，方菲迅速把我拉到一旁。

「方菲妳幹麼？」

「我才要問妳幹麼！妳原諒他了？還是他原諒妳了？你們後來到底發生什麼事了？」

方菲壓低聲音質問我，「妳有問他為什麼一開始當作不認識妳嗎？」

「沒有。」關於這件事，我眞的不知道怎麼開口問宋大翔。我話鋒一轉，反過來問她：「噯，說我做錯的人不是妳嗎？那我向他道歉、和他言歸於好是好事啊，妳幹麼反對？」

「我沒有反對啊，我只是覺得你們發展得太快……」

發展個屁啊！我傻眼，不就是一起喝杯咖啡？

「啊，妳是《星光之夜》的編導是嗎？」忽然，宋大翔像是想起什麼似的出聲說道，「我記得上次我家藝人上節目的時候，編導還是如薏，她離職了？」

方菲一愣，她轉過身看向宋大翔，眼神透露出驚訝。

「不是的，如薏姊還在，她現在是另一個節目的製作人。」她說。

「妳那時候就在《星光之夜》了嗎？」

方菲點頭，「那時候我還是助理，你可能對我沒有印象。」

「原來如此，我的錯，」宋大翔笑了笑，「我現在記住妳了。」

當宋大翔開始散發魅力，連早就知曉宋大翔所有「惡行惡狀」的方菲也抵擋不住。這個表情我很熟悉，只要再過三秒，方菲就會變成宋大翔的粉絲。

「方……方菲！」我大喊，急著喚回方菲的心神，阻斷宋大翔繼續「施法」，「好了，我要去開會了，妳沒其他的事情了吧？」

「嗄？喔，沒事啊，我只是來買咖啡，然後就看到妳和宋……」方菲被電得糊里糊塗，講話顚三倒四，「喔，不對，還有一件事。」

「有話快說！」

「宋嘉玉來了。妳不是很喜歡她嗎？」

什麼？宋嘉玉？

她說的是擔綱演出《溫婉玉》的那個宋嘉玉嗎？

我下意識看向宋大翔，完全忘了自己可是「挾持」了《溫婉玉》DVD的罪犯。我一心以爲他會和我一樣露出驚喜的神色，畢竟他和我差不多年紀，家裡竟收藏著一張年代久遠且市面難尋的《溫婉玉》DVD，他很有可能也是宋嘉玉的粉絲。

然而，宋大翔卻毫無反應，就只是站在那裡聽著。

「她在哪裡？」我沒想太多，興奮地追問方菲，「她怎麼會來電視台？她要上哪個節目？她不是很久沒上電視節目了嗎？」

「嘿嘿，不瞞妳說，《星光之夜》下一期的專訪人物就是宋嘉玉。她正在和製作人開會RE稿，妳都不知道我們敲她通告敲了多久，之前還不確定她今天會不會過來，所以沒特別跟妳說，剛剛我一看到她，就想著立刻過來通知妳。」

「有妳眞好！我愛死妳了！我一定要去看錄影！」我控制不住體內亂竄的欣喜，「不對，我現在可以偷偷去看她嗎？」

「可以啊，那妳等一下跟我一起……」

「溫編劇，妳不是要開會嗎？」宋大翔不疾不徐地打斷我們的談話。

我彷彿當頭被澆了一盆冰水，瞬間清醒過來，並且想哭。

「我可不可以去一下下？」我可憐兮兮地向宋大翔求情，「一下下就好？」

「不行。」他好看到沒天理的薄唇殘忍地勾起。

我不肯放棄，「我只要過去看她一眼就好。」

「不可以。」

「一秒！一秒就……」

「走吧，我陪妳去會議室。」

不，嗚嗚——

Chapter 5

場景：校園廣場
人物：石政雨、魏海、一干路過學生
時間：日

▷石政雨頂著一頭亂髮、衣衫不整，慌慌張張地穿過校園往教室大樓飛奔。
▷石政雨抬起手，看見手錶顯示八點三分，表情大駭。
石政雨：靠！早知道昨天就不要幫蘇予霓做報告了啦！
▷石政雨連續閃過好幾個路人，大步跨上廣場樓梯。
▷魏海從轉角另一端出現，石政雨閃避不及，直接撞上，向後摔。
▷魏海及時伸手拉住石政雨。
石政雨：謝、謝謝！
魏海：不客氣。
▷石政雨驚魂未定，一旁的魏海上下打量石政雨。
▷手機提示音響起，石政雨嚇了一跳，急忙從口袋取出手機。
▷手機螢幕顯示：「蘇予霓：點名了！！我的報告呢！！！」

▷石政雨大驚失色，倒抽一口氣。

石政雨：靠靠靠！欸我上課要遲到了！大俠，我先走了，謝謝你出手相助，救命之恩，在下沒齒難忘！

▷石政雨越過魏海，急著想登上階梯。

▷魏海一愣，轉身出手拉住石政雨。

魏海：等一下。

▷石政雨再次後仰，直接被拉進魏海懷裡。

石政雨：怎、怎麼……

▷魏海靠近石政雨，在他耳邊說話。

魏海：你褲子拉鍊沒拉。

「卡！石政雨，再來一次！」

朱導一聲令下，兩名梳化帶著工具快速上前爲演員補妝，攝影組調整機位，副導大聲提醒路人演員重新就位。

今天是《我和她的男朋友》開拍首日。

經過一段緊鑼密鼓的時程安排，試鏡選角、定裝、勘景、設置場景道具，到昨天的開鏡記者會，S台這座各方關係良好的大靠山，發揮了極其強大的作用，每一個步驟都完成得快狠準，當初宋大翔會找上S台合作，就是看中了這一點。

雖然劇組沒有召喚，我仍一大早前來報到，開鏡第一天到現場看看狀況、問問演員對於劇本有沒有疑問，姑且算是我的習慣吧，但我也承認，這次我之所以會來，絕大部分是爲了葉司辰。

「懂嗎？表情要再放一點，情緒才會出來。」

「好，不好意思，我知道了，謝謝導演。」葉司辰神色僵硬，緊張全寫在臉上。

「不用道歉，你還不錯，不要怕。」朱導拍拍他的背，給予鼓勵，「記住我說的，自然而不平淡，放開但不誇張，好嗎？」

葉司辰嚥了嚥口水，點點頭。

朱導是S台長期配合的導演之一，在電視圈以溫和友善著稱，前陣子剛從海外度假回來，一抵達台灣就被張總監徵召，投入《我和她的男朋友》大小會議之中，爲了討論劇本，我和朱導也在這段時間迅速累積起交情。

有人說，導演是一齣戲的掌舵者，觀眾能看見什麼樣的故事，取決於導演的深度和思想。由朱導擔任《我和她的男朋友》的導演，我很放心。

「各就各位，我們再來一次！」朱導擊掌，吆喝了一聲。

場記板一打，葉司辰飾演的石政雨匆忙奔跑上樓，一頭撞上高大的魏海——說到魏海，試鏡會上我一眼就認定范姜律是飾演魏海的不二人選，不僅外表高冷帥氣，演技也很好，不愧是戲劇科班出身。

「那就排定下星期三採訪。好，沒問題。再見。」站在一旁的宋大翔結束通話，對我揚起微笑，「早安，溫編劇。」

「早安，呃，」我一時不曉得該怎麼稱呼他，「……學長。」

宋大翔挑眉，似是覺得有趣，「學長？」

我的耳根有點發熱。

「因、因爲我後來想想，直呼你名字好像不太禮貌，畢竟你年紀比我大嘛，而且你本來就是我學長啊！叫學長也沒什麼不對。」我解釋得自己都尷尬了，宋大翔還用一種饒富興味的表情盯著我，「反、反正就是這樣啦，『學長』！」

我別過頭，爲自己一點也不成熟大方的表現猛捶心肝。

「好吧，那就這樣吧。」宋大翔的聲音低低地傳入我的耳中，「『學妹』。」

他刻意強調那兩個字，並伸手拍了拍我的頭。

沒人告訴你不可以隨意使出摸頭殺嗎！

「卡！再來一次！」朱導大喝，一股壓力逐漸瀰漫開來。

不遠處的拍攝現場，葉司辰略顯侷促地重回預定位置。

只見他深吸了口氣，很努力地重整情緒。

「再來！」

「卡！重新來過！」

「石政雨，沒關係，我們再跑一次。」

同樣一場戲，反反覆覆，不知重來了多少遍。

朱導的確是個很有耐心的導演，面對葉司辰生澀的演出，他不顯煩躁，早在他與葉司辰初次見面那天，他就做好了磨戲的準備。

但其他工作人員可不是這麼想。

「齁，第幾次了啊？還要趕下一場戲的光耶！」

一遍遍的NG在工作人員心中一點一滴地累積怒火，太陽這麼大，器材又重，只要演員一次失誤，一切都得從頭來過，折騰得不只是演員，還有全場所有的工作人員。

「就知道現在的新人不會演戲，光靠一張臉就可以進演藝圈。」

「所以幹麼找沒經驗的新人啦，煩死了！」

「欸……」正當我想開口為葉司辰說點什麼，一股拉力阻止了我。

宋大翔拉著我的手，平靜地搖了搖頭。

「為什麼？」我不加思索地問，「他不是沒有潛力，只是還沒進入狀況。」

「這就是沒有實力該付出的代價，葉司辰是該嘗嘗。」他說。

「什麼意思？」

宋大翔並不打算回答我，他的目光停在葉司辰身上。

葉司辰看似認眞地躬身聆聽導演的建議，但我看得出來，葉司辰一個字也沒聽進去，他完全慌了，只是裝作聽得懂，一心只想著這場噩夢到底什麼時候才會結束？

而一旦有這種想法，他就再也做不好了。

「卡！」又一次，朱導喊停。

與此同時，工作人員的不滿再也壓抑不住，有人發出嘖聲，有人低咒一句髒話，還有人故意放大抱怨的音量，生怕葉司辰聽不見。

「到底會不會演啊？浪費時間！」

旁人不友善的視線像是太陽底下的放大鏡，凝聚出足以燃盡信心的巨大壓力，幾乎要壓垮葉司辰的肩膀。

我不管了，我沒辦法眼睜睜看著他的自信瓦解。

「溫編、溫又芸？」

宋大翔在身後喊我，我沒回頭，逕自走向劇組。

「預備，五、四、三⋯⋯」

「朱導。」我輕輕拍了導演的肩膀。

朱導停下動作，轉頭看我，「溫編劇，有什麼問題嗎？」

「要不要休息一下？大家好像都有點累了。」

聞言，朱導有些遲疑。

我懂朱導的疑慮，畢竟時間一直在走，拍攝進度卻停滯不前，然而現場的工作人員情緒低迷，葉司辰的狀況愈來愈糟，繼續下去也拍不出滿意的成果。

朱導同意了我的要求。

「各位！休息十分鐘！」朱導說完，隨即和場記確認後續流程。

太好了。我馬上衝去找葉司辰。

不若其他人暫時歇一口氣的輕鬆，被一再的NG打擊得垂頭喪氣的葉司辰，臉上寫著「全都是我害的」幾個大字，獨自頹喪地坐在階梯上。

「溫編，我完了，我果然還是不行。」沒等我坐下，葉司辰這小子便開始唱衰自己，「我一定會搞砸這齣戲。」

「怎麼啦？」我不動聲色地坐在他身邊，刻意以輕鬆的口吻說：「朱導不是稱讚你還不錯嗎？」

「那是客套話。朱導人太好，不敢罵我。」

「相信我，導演要是捨不得罵人，是沒辦法在業界混的。」

「那就是他覺得罵我也沒用了。」葉司辰眼神死。

原來他一旦心灰意冷，就會強制進入悲觀黑洞屬性。我在內心的筆記本重點畫線，準備用在後期劇本。

不過……我瞥了一眼消沉的葉司辰，要是不趕快把他從黑洞深處拉出來，我的男主角、還有這齣戲的未來，全部都會被黑洞產生的強大重力場吸入，再也找不回來。

「葉司辰，嘿，看著我。」我打了個響指，「老實跟你說，我上星期有特別去看你們系上公演，你沒發現吧？」

聞言，葉司辰訝異地搖了搖頭。

「你想知道我的評價嗎？」我問他。

葉司辰猶豫幾秒，才吶吶地反問我：「……妳喜歡嗎？」

「豈止是喜歡，我愛死了！我還預購了珍藏影片，如果你不相信的話，可以去查預購資料，我絕對沒有誆你。」我發誓這不是安慰他的違心之論，「你知道嗎？葉司辰，你是一個很好的舞者，那天我坐在觀眾席，可以感受到整個表演廳都在期待你的出場，那是魅力，與生俱來的魅力。」

「所以，我更不該妄想自己可以當個演員……」

「不可以才怪。」我翻了個白眼，「難道你那天的角色叫做『葉司辰』嗎？」

葉司辰愣了愣，「不、不是。」

「沒錯，你是『飛鳥』。」我堅定地看著他的眼睛，「葉司辰，當你站在公演舞臺上，你擁有飛鳥捨你其誰的自信，那是任何高超技巧都比不上的魅力。聽著，我不需要你第一次演戲就演得爐火純青，你唯一要做到的，就是在攝影機面前，展現你就是『石政雨』的自信。」

演戲是一種細膩的藝術，一種自我催眠。一個演員有沒有理解角色的心理狀態、接受角色的思想行爲，觀眾一定看得出來，就連眼神隱藏的訊息，也能透過攝影機傳達給觀眾。

比起演技好壞，能否傳達訊息給觀眾反而更重要。

「可是，我不確定自己能不能……」

「溫編劇。」

我循聲回頭，「范姜律？」

「可以讓我和他談談嗎？」他聳了聳肩，簡單地解釋，「我們是夥伴，互相幫忙是應該的。」

想起范姜律受過的科班訓練，與其由我來帶戲，倒不如把葉司辰交給范姜律，同是新進演員的他，或許比我更明白葉司辰的恐懼。

「心靈導師換人當了？」見我回來，宋大翔遠遠看著范姜律和葉司辰，笑意始終噙在嘴邊，「如何？覺得自己有幫上忙嗎？」

爲什麼他可以這麼事不關己呢？

我忍不住皺起眉頭，「看葉司辰那樣，你都不會擔心嗎？」

「我說過了，這是他應該經歷的過程。」宋大翔偏偏頭，無動於衷地說：「你們這麼寵他，只會讓他以爲未來遇到什麼麻煩，都會有人幫他一把，這次是遇到脾氣好的朱導，換作其他導演，就沒有這麼輕鬆了。壓力使人成長，被罵的經驗也是養分，他要學著承擔。」

我驀地想起前幾天看過的動物紀錄片，老鷹媽媽把小雛鷹推向巢外的懸崖，強迫牠們學會飛行——老鷹媽媽的舉動沒有錯，而宋大此刻所言也沒有錯。

只是當親眼目睹，多少還是令人有些於心不忍。

「學長你……」

「嗯？」宋大翔雙手環胸，「覺得我很無情？」

「不是。」我搖頭，「只是在想你到底是怎麼長大的？」

宋大翔頓了頓，忽地笑了。

他的笑容依然很好看，可不知爲何，我卻笑不太出來。

「準備！各就各位！」

休息時間結束，宋大翔和我的對話也到此爲止。

工作人員陸續回到崗位，范姜律拍拍葉司辰的背，對他說了些什麼，儘管葉司辰表情仍舊緊繃，卻多了分堅毅，看得出他已再次鼓起勇氣，準備面對接下來的挑戰。

事實證明，葉司辰做得很好。

「OK！很好！」朱導檢視回放錄像，滿意地喊了一聲，「換場！」

不知是否是我的錯覺，片場的肅殺氛圍神奇地消弭無蹤，大家的臉上又有了笑容，包括葉司辰，他和范姜律交換了眼神，兩人相視而笑。

這個畫面有夠萌，我一定要寫到劇本裡。

「那好，我晚一點去找你？」

找誰？

我心裡一突，轉頭看向不知何時接起手機的宋大翔。

「幹麼？你在生氣？」對方在生氣，他倒是笑得很開心，「別忘了我幫過你什麼，不准出爾反爾。」

什麼？他在說什麼？他正在和誰說什麼？

我微微往宋大翔的方向傾靠，一個字都不放過。

「好，我答應你，我不會在你工作的地方亂搞。」

但你現在不就在工作場合亂……亂打電話！

或許是太過不爽，我沒注意到自己直直地盯著宋大翔，而宋大翔當然注意到了，他似笑非笑地迎向我的目光，我甚至可以讀懂他在用眼神問我：怎麼了嗎？

沒錯，溫又芸，怎麼了嗎？宋大翔打個電話怎麼了嗎？

沒有！沒有怎麼了！

「OK，待會見，拜。」宋大翔切斷通話，接著對我說：「學妹，我可以問妳一個問題嗎？」

最好不要叫我推薦燭光晚餐的餐廳！

「什麼？」我的臉一定很臭。

宋大翔笑了笑，「妳待會有空嗎？」

✦

這是我第二次坐宋大翔的車。

第一次，想吐；第二次，還是想吐。

差別在於，第一次是生理問題，第二次則是心理問題。

究竟是什麼樣的男人才會帶一個女生去赴另一個女生的約會？難道是某種心理疾病，

需要藉著炫耀獵物來獲得成就感？抑或是他根本不把我當女的看待，我只是順便帶出場的小寵物？

我想不透，也不想深入揣測，那讓我不太舒服。

但既然宋大翔有種約我了，我當然有種來啊！

我需要眼見爲憑！就算宋大翔是個渣男，我也要親眼看他被搗成渣渣！

「溫編？學妹？溫又芸？」

「什麼？」我倏地回神，「學長，你叫我？」

「抱歉，我應該讓妳早點回去休息的。」宋大翔目視前方，窗外落入的路燈光線勾勒出他唇邊的弧度，「妳最近一定很累吧？」

所以，這是後悔約我的意思？

「還好。」我故作自然，忽略心裡莫名其妙的酸意。

「劇本寫得如何？還順利嗎？」

「還好。」

隨著車子在紅燈號誌前停下，宋大翔轉頭看我。

我口乾舌燥，自知回答得太敷衍，卻已來不及補救。

「還好？」他的聲音聽在心虛的我耳中有點陰惻惻的。

「我、我的意思是滿順利的。」我乾笑兩聲，以爲這樣就可以掩飾過去。

「是嗎？」宋大翔卻不是那種可以輕易打發的人物，「怎麼個順利法？」

「呃，就是、就是我前天已經交出第六集，第七集也寫到一半了，如果劇組沒有意見，約莫再一個月，我就能完成整整十六集的劇本。」我一鼓作氣地說完，有種向上司報告的錯覺。

而宋大翔也如上司般點了點頭，對於我的效率很是滿意。

「聽起來是眞的滿順利的。」他說。

我偷偷翻了個白眼，「誰那麼無聊騙你，被害妄想……」

「什麼？」

「沒事！」我連忙正襟危坐，「那個，學長，我們到底要去哪裡啊？」

紅燈轉綠，車子再次前行。

「到了就知道了。」他神祕地說。

待車子停進停車格，天色已完全暗下，住商混合的巷弄十分安靜，宋大翔帶著我走向其中一棟外牆爬滿常春藤的樓房，牆上掛著一個鑄鐵招牌，上頭的文字表明這裡是一間錄音室。

錄音室？

「是我，我到了。」宋大翔摁下門鈴，彎身朝著對講機說話。

深鎖的大門應聲而開。

「學妹，走吧。」宋大翔喚我一聲，率先走進門內。

我跟著宋大翔進門，樓梯間的燈光溫暖明亮，沿著樓梯緩步向上，牆上掛著一張張裱在透明壓克力框裡的音樂專輯海報——如果我沒記錯的話，這些專輯都是眞實音樂出品。

也就是說，宋大翔約的人是眞實音樂的歌手？

誰？莫非是新一代校園女神安妡？

我不自在地摸摸頭髮，我的頭髮整齊嗎？分岔的髮尾看得出來嗎？可惡，要不是這陣子實在太忙，我也不會沒時間去修剪頭髮啊。

對了，還有妝！白天在陽光下曬那麼久，我的妝不會花了吧？

我手忙腳亂地想從包裡找出鏡子，某個念頭一閃，不自覺停下動作。

溫又芸，妳傻了啊？安妡那麼青春漂亮，妳憑什麼比得過她？

光是想像她站在宋大翔身邊，我就……

就怎樣？溫又芸，妳能怎麼樣？

「終於肯見我了。」

宋大翔帶笑的聲音傳來，我抬頭一看，他站在二樓敞開的玻璃門前，對著裡頭的人說話，那人不曉得回答了什麼，宋大翔露出一臉無奈，像是拿對方沒轍。

那讓我心裡有點酸酸的。

「學妹，快點上來，我跟妳介紹一個人。」宋大翔沒有等我，直接走了進去。

我臉色一沉，到底是有多迫不及待？

短短七、八階的樓梯，我硬是想走上七、八分鐘，可惜身為一個社會人，我知道很多事情是無法逃避的，比方說，學長想介紹他的女朋友給妳認識，妳也只能笑笑接受——

嗯？這種事很正常，完全沒有問題？

好吧，如果有問題，那就是我的問題。

我跟著走進去，故意低著頭，像隻拒絕面對現實的鴕鳥。

眼前的地板上有兩雙鞋，左邊是一雙男用球鞋，右邊是一雙男用皮鞋，右邊那雙毫無懸念是宋大翔的鞋……咦，安䜣好潮，居然喜歡穿男生球鞋？而且她腳好大呀。

「學妹，我介紹一下，這是……」

「方哲宇？」我抬起頭，驚詫地看見一張熟悉的面孔。

「妳是……」方哲宇微一蹙眉，隨即恍然大悟地說：「溫又芸？」

「天啊、天啊！」我摀住嘴巴大叫，久別重逢的喜悅讓我整個人都瘋了，「臭小子，幾年沒見了？高中畢業之後就沒碰過面了吧？噯，我問你，上次老頭主辦的同學會，你怎麼沒有來？」

「工作。」方哲宇微笑，依我對他的了解，這算是很開心的表現了，「老頭有跟我提起，過陣子還會再找大家聚一聚。」

「好啊、好啊，一定要揪我，聽到沒有？」我笑得嘴都要裂開了，伸手輕捶了下許久不見的老同學，「好神奇喔，居然在這裡遇見你。」

「咳。」

奇怪，這是哪裡來的咳嗽聲？

我和方哲宇同步轉頭，宋大翔面無表情地望著我倆。

「你們……」他用手指了我們，「認識？」

「對呀，我們是高中同學，高一同班同學。」我滿心都是和老同學重逢的喜悅，「方哲宇，高二分組之後，你是不是和汪汪同班啊？聽說他好像要結婚了……」

宋大翔出聲打斷我，「方哲宇，你也是我學弟？」

方哲宇聳了聳肩，以動作代替了回答。

宋大翔不說話了，空氣隨著他的沉默而凍結。

此時的我終於發現，現在不是和方哲宇敘舊的好時機。

「呃，所以你們是怎麼認識的？工作嗎？」我嘗試打破僵局。

見宋大翔沒有要回答的意思，方哲宇接過話，「算是吧。」

「這樣啊。」偷偷觀察宋大翔的表情，我有種強烈的直覺，絕對不能讓對話停下，否則就再也不會有人出聲了，「那誰可以告訴我，我們聚在這裡是爲了什麼？」

方哲宇微微抬起下巴，指向一旁的宋大翔，「他找我寫歌。」

「歌？什麼歌？」我愣了愣，倏地意會過來，「該不會是……」

「《我和她的男朋友》主題曲。」宋大翔終於開了金口，「有方哲宇加入助陣，會是很好的宣傳。」

啊，對了，方哲宇的名氣一點也不輸偶像明星。他大學畢業後便投入音樂領域，成爲音樂製作人，不久前還幫樹人寫過電影主題曲，後來不曉得攪和進了哪條娛樂新聞，高中同學的聊天群組裡沸沸揚揚地討論得好不熱烈。

那時我正忙著趕工撰寫《粉條男》的結局，關於方哲宇的八卦，同在娛樂圈的我竟是一點也沒關注。

不過，那不重要。

「眞的嗎？方哲宇，你要幫我們寫歌嗎？」我掩不住雀躍。

方哲宇眉一挑，「你們？」

「這齣戲是我寫的啦！」我拍拍胸口，簡單交代自己的近況，「不曉得你知不知道，我現在是一名編劇，這次也是宋大翔找我合作新戲，目前正在進行拍攝，上映後你要記得看喔！」

方哲宇臉上的狐疑卻有增無減。他盯著我，好像想要釐清什麼似的。

「怎、怎麼了？」我被他看得有點惶恐，「有什麼問題嗎？」

「我只是在想，你們的關係有好到這種程度？」

我愣了一下，忽然明白他的言下之意。

OK，我懂了，造成方哲宇困惑的癥結點就是那篇《陪你在月球散步》，饒是當時向來不管世事的方哲宇，也清楚我因爲寫了一篇關於學長的文章而被全校恥笑，他還曾親眼目睹我在得知宋大翔的反應後，在課堂上崩潰大哭的經典畫面。

想當然耳，方哲宇必定認爲我和宋大翔關係不可能太好。

我清了清喉嚨，思索該從何說起，「咳，其實……」

「過去的事我們早就講開了。」宋大翔淡淡地看向我，「對吧，學妹？」

不知怎地，他好像不是很高興。

「對、對啊，誤會已經解開了。」我邊偷覷著宋大翔的臉色，邊回答方哲宇，「方哲宇，沒事了，眞的，我和學長決定好好爲這次的新戲一起努力。」

「是嗎？」方哲宇的眼神仍然寫著明顯的質疑。

「就是。」宋大翔不耐地接過話，「不好意思，我們可不可以暫時忘掉過去，談一談現在？關於新戲主題曲的提案，我想我說得很清楚了，你的決定如何？」

「我手上還有幾個工作。」方哲宇說。

「所以？」宋大翔的口氣很衝，「別忘了我幫過你什麼。」

此話一出，氣氛頓時一變，彷彿隨時可能就會擦槍走火，我既慌亂又困惑，不知道他們之間究竟有過什麼事。

「你們還好吧？」我小聲問。

「宋大翔，我很感謝你告訴我于珊的消息，你說要我哪天記得報答，我當成玩笑話，站在朋友的立場，這次的曲子我會接，不過不是因爲你，是因爲又芸。」方哲宇清冷的目光直直注視宋大翔，「希望你以後別再拿這件事出來壓我。」

聞言，宋大翔緊繃著下頷，硬是壓下勃發的怒氣。

「很好。我會請S台寄合約給你。」他丟下話，轉身便想離開錄音室，「學妹，走吧，我送妳回家。」

「咦？好，那個……」我匆匆跟上宋大翔的腳步，倉促地回頭和方哲宇道別，「改天再約，我會和你聯絡，拜拜。」

怎麼回事？

為什麼事情會變成這樣？

宋大翔沉默地驅車前往我家，坐在副駕駛座的我不敢多言，只能盯著前方，腦中不斷想著他和方哲宇之間到底是怎麼了？方哲宇對他似乎略微懷有敵意。

「這裡右轉！對、嗯、沒錯，轉對了。」瞥見熟悉的街景，我忍不住出聲，說完才尷尬地發現車上的導航正盡忠職守地指引路線，根本不需要我多嘴，我摸摸鼻子，糗到不行。

宋大翔仍默不作聲，車子繼續平穩地行駛在路上，我漸漸開始恍神。

儘管宋大翔和我都有共識一筆揭過那些曾有過的不快與紛爭，但我並不認為自己已經完全不在意了。

那篇登上校刊的文章、宋大翔當年對我的評價、他盛怒之下責罵我的話語，以及從方菲口中聽來關於他的謠言——我必須承認，只要事關宋大翔，我沒有一項不在意。

就連那夜他懇求不要離開的對象是誰，我都想知道。

「又芸，手機響了。」

「咦？啊，抱歉。」聽見宋大翔的提醒，我慌慌張張地找出手機，來電顯示是一串未知的號碼，「喂，你好。」

「喂，請問是溫又芸，溫編劇嗎？」另一端傳來一道年輕的女聲。

我沒多想便答：「是，我是。」

「您好，我是OTV新聞記者，敝姓劉。對於B台林總監批評您沒有職業道德的臉書發文，溫編劇是否願意做出回應呢？」

「妳、妳說什麼？」我一怔，搞不清楚狀況，「不好意思，我還沒看過林總監的文章，可以請妳詳細說明嗎？」

「是這樣的。您在S台即將上檔的新戲《我和她的男朋友》，和B台上一檔偶像劇《站住！前面的粉色條紋衫！》，林總監認爲兩者題材相似，且上檔時間也過於鄰近，在這樣的情況下，您沒有事先知會B台，便擅自與S台合作，雖然並未違約，卻是罔顧職業道德的行爲。對於林總監的指控，請問您有什麼看法？」

事發突然，即使記者口齒清晰，將前因後果說得十分明白，但我只覺腦中一片空白，一時不知該如何反應。

「我、我……」

「另外，有消息指出，S台方面是出了高價邀請妳，趁著《粉條男》熱潮未退，故意以主題相似的劇本，搭《粉條男》的順風車。林總監聽聞此事，沉痛表示對您的職業操守感到失望。」

怎麼會這樣？

右一句職業道德，左一句職業操守，這是多麼嚴厲的指控，我張口欲言，卻怎麼也發不出聲音，手心愈來愈冷。

「喂？溫編劇？溫編劇，請問您還在線上嗎？」

「不、不好意思，我……」

「你好，我是宋大翔。」

宋大翔一把搶過我的手機，車子不知何時已停靠在路邊，另一隻手裡握著他自己的手機，亮起的螢幕顯示著林總監的臉書頁面。

他按下擴音鍵，讓我可以聽見談話內容。

「宋大翔……請問是宋大翔經紀人嗎？」記者拉高了音調，顯然頗爲訝異。

「是我。」他話聲斬釘截鐵，「關於林總監的發文，我必須做出幾點澄清。首先，溫編劇是受我所託，以合理價格接下劇本工作，並非外界所說，收受S台高價邀約；第二，與S台的合作皆是由我一手主導，溫編劇並未參與。」

「那麼，對於溫編劇沒有事先告知……」

「這點也是我的疏忽。」

才不是！

我瞠大眼，想要搶回手機，不願讓他攬下屬於我的過錯。

「學長！」

宋大翔伸手制止我，他不讓我說話，只用眼神告訴我——

一切交給他處理。

「屆時我會親自向林總監道歉，若有必要也會召開記者會公開說明。」宋大翔沉穩的嗓音在車子裡迴盪，也在我的心裡盪出了一陣陣漣漪。

不該是這樣的。

那一項項指控都沒有錯，我收取的報酬很高，我參與了說服S台投資與敲定新戲上檔日期的會議，早在動筆寫下劇本第一個字的同時，我就知道自己應該向林總監報備。

但後來一忙起來，我就忘了。

我沒有做到該做的事。

應該要被譴責的人，是我。

宋大翔卻擋在我身前，替我挨下射過來的第一發子彈。

Chapter 6

結束與OTV記者的通話，宋大翔立刻擬了一份簡單的聲明稿發送給各大新聞媒體，他把責任統統扛到自己肩上，以至於後續記者的追蹤重點，不約而同轉向他與樹人瀕臨破裂的合作關係。

當天晚上，很多人透過電話、私訊、社群網站關心我，包括方菲、小路、朱導、S台張總監，他們認爲我無端遭受波及，憂心我會因此受到影響。

我只能一一回傳訊息告訴他們，其實錯的是我，我本應該事先取得林總監的諒解。他們仍一再安慰我，要我不要自責，沒人罵我一句，即使我才是始作俑者。

沒過幾天，這條新聞就被新的八卦壓下去了。

不若明星藝人的緋聞擁有足以延燒的熱度，大眾不怎麼關心編劇與電視台的口水戰，或經紀人與公司的職場角力，可宋大翔卻因此一夕爆紅，成了網路上的熱門紅人。

有網友惋惜他這等顏值怎麼不去當藝人，也有網友爲他被樹人冷凍而打抱不平，還有網友發揮肉搜功力，找出宋大翔從幼稚園到大學的畢業照，嗯，幼稚園那張我有偷偷存下來。除此之外，包括宋大翔學生時代的奇聞軼事、踏入演藝圈後的長篇情史，以及被女富商包養的小道消息，統統都被翻了出來。

「對不起。」

這是我最想對他說的話，也是我那天晚上傳給他的訊息。

他已讀未回。

「妳覺得他是不是在生我的氣？」

「可能吧。」方菲隨口回應，背對著我向其他同事交代工作細節，「人來了沒有？快到了？好，待會通知鄭哥和她確認腳本，不要忘記準備她喜歡的花茶，切記，不要薰衣草茶，燙的，不要溫的。」

「那妳覺得我要不要再傳訊息給他？」

「都可以。」

「那妳覺得他會不會回我？」

「不知道。」

「那妳覺得我要用輕鬆的語氣傳嗎？」

「隨便。」

「那妳覺得……」

「覺妳去死啦！」方菲暴怒，轉頭衝著我大吼，「溫又芸，妳瞎了嗎？沒看到我很忙嗎？妳可不可以不要一直煩我？乖乖站在這裡不要亂動、不要說話、不要跟陌生人走，更不要靠近藝人、和藝人說話！醜話說在前頭，妳要是變成瘋狂粉絲騷擾人家，害我跟經紀人下跪道歉，妳就等著我放火燒妳家！」

「凶屁凶，哪有這麼誇張？」

「閉嘴！」

果然，缺乏睡眠的女人不能惹。

今天本來該是《星光之夜》歡歡喜喜迎接一代巨星宋嘉玉的好日子，沒想到宋嘉玉竟臨時反悔，說好可以聊的話題，全部成了禁忌，導致方菲昨天一整個晚上都在重擬新的訪問提綱，好不容易擬好腳本，還要送去給宋嘉玉本人核可，搞得大家人仰馬翻，每個人的臉色都難看得像食物中毒三百天。

宋嘉玉這是在耍大牌、搞特權？不好意思，她本來就是大牌啊！而且還是大牌之中的大大牌，她想怎麼做，順著她的意就好了，有什麼關係？

嗯，我就是戴了粉絲濾鏡，不管她做什麼，我都只會拍手叫好。這話千萬不能被方菲聽到，她不揍死我才怪。

按照方菲的吩咐，我坐在攝影棚某個不會礙到任何人的角落，安靜抱著筆電趕劇本，偶爾抬頭看看工作人員忙進忙出，等待宋嘉玉的到來。

只不過，現在我一想到宋嘉玉，就會想起那片被我偷回家的《溫婉玉》DVD，而今天……我看了一眼放在地上的包包，我也把它帶過來了。

宋大翔又不在這裡，我帶那片DVD過來幹麼？

很抱歉，我也不知道自己爲什麼要這麼做。

「準備開錄了！」

工作人員高呼一聲，我急忙收拾筆電，專心致志地盯著攝影棚的中心位置。攝影師、燈光師、音效師各就各位，《星光之夜》的主持人華姊和方菲一起從化妝間走過來，不時交頭接耳，眾人都對宋嘉玉的到來嚴陣以待。

我常常在想，攝影棚是一個很離奇的空間，不只大得很離奇，燈光亮得很離奇，在這裡錄製的節目還會放送至觀眾面前的螢幕上，讓他們隨之大笑或哭泣，這也是一件很離奇的事。

也因爲如此，當宋嘉玉款款走進攝影棚，在我眼裡，她就是這個世界上最離奇的人物，美得離奇，氣質得離奇，她的存在就是一個離奇的奇蹟！

我滿懷少女心地看著華姊和宋嘉玉握手，兩人在《星光之夜》的招牌扶手椅坐下，宋嘉玉嘴邊噙著優雅的微笑，活生生就是一幅會呼吸的畫作。

「現場倒數，五、四、三、二——」

開場音樂響起，開始了《星光之夜》的節目錄製。

「有人說，巨星是天生的；有人說，巨星是磨練出來的；也有人說，巨星是靠運氣而生的。然而，有部電影裡的台詞是這麼說的：我生來就是要站上舞臺，不論命運給我多少考驗，只要有人願意賞識，我必定不會讓他失望——讓我們歡迎點亮今夜星空的主角，宋嘉玉。」

那是《溫婉玉》的台詞！我忍住竄上喉頭的尖叫，心中小鹿亂撞，依然不敢相信宋嘉玉就在距離我那麼近的地方閃閃發光。

《星光之夜》是個頗有名氣的訪談節目，素有「眼淚發源地」的別號，每位受訪來賓在主持人的引導下，將自己過往一路走來的歷程娓娓道來，講到動情之處，幾乎無人不掉下眼淚，電視機前面的觀眾多半也會抱著面紙盒跟著痛哭流涕。

「終於。」方菲來到我身邊，她臉上的緊繃總算退去了一些，「開錄就是成功的一半，我現在要發功祈求錄影過程順利，身爲我的好朋友，麻煩妳也在心裡替我助念禱告。」

「神經病。」我偷笑，目光捨不得離開宋嘉玉。

「她才是神經病。」

「喂，不准妳罵我的偶像。」我斜眼瞪她。

方菲不甘示弱地對我翻了個白眼，「那是因爲妳不知道眞相。」

「幹麼？」我不喜歡她那種意有所指的口吻，「什麼意思？」

方菲這時才意識到我們仍身處工作場合，她環顧四周，確認沒有人看過來，才湊近我的耳邊壓低聲音說：「晚一點再告訴妳。」

「靠。」我推開她，不想和討厭鬼待在一塊兒。

大概是方菲的祈禱生效，訪談進行得很順利，在場的工作人員大都被宋嘉玉的奮鬥史感動得一把鼻涕一把眼淚，尤其當她提到日前過世的母親，爲了支持她的夢想，曾經在酒店兼差清洗杯盤，時不時被客人騷擾，還被揶揄爲何不把女兒帶來，母女倆聯手賺錢。

「得知這件事以後，我眞的很心痛，立刻叫我媽不准再去了。」宋嘉玉紅了眼眶，

「我是個很重視家庭的人，家人是我的後盾，你可以討厭我、可以批評我，但我絕對不允許家人受到任何一點委屈。」

我悄悄用手抹去滑落的眼淚，心疼女神有這麼辛苦的過去。

節目接近尾聲，製作單位特地剪輯了一段影片，蒐羅宋嘉玉所拍過的電視劇與電影精彩片斷，並配上當年她獲得影后殊榮的得獎感言，從出道時的年輕青澀，到如今的氣質雍容，看得出宋嘉玉從影以來的努力與成長。

影片的最後一幕，是一名旗袍麗人背對著鏡頭，對鏡而坐，姿態優雅地挽髮、畫眉，纖纖手指輕點紅唇，她緩緩貼近鏡子，鏡頭拉近，只留紅唇獨占畫面——

「我是，溫婉玉。」

唇瓣張闔，溫熱的呼吸噴灑在鏡面上，起了一小片薄霧。

這是《溫婉玉》的開頭，也是結束。還記得當年初次看完這部電影時，我被震撼得久久不能自已，再次目睹這一幕，依然令我感動萬分。

半晌，收播音樂悠揚響起，棚內燈光漸漸轉暗，華姊和宋嘉玉起身互相擁抱，長達一個半小時的節目錄製，就在溫馨愉悅的氣氛之中結束了。

「謝謝嘉玉姊，辛苦了！」方菲拿著毛料披肩，快步向宋嘉玉走去。

我怔怔站在原地，心潮洶湧不曾平息，眼看被眾人簇擁的宋嘉玉離我愈來愈近、愈來愈近，我的理智也跟著愈來愈遠、愈來愈遠……不過幾秒，宋嘉玉已走到我跟前，而我的理智也終於消失不見。

「鄭製作在哪？我有些事情要和他……」

「請等一下！」我衝動地脫口大喊。

宋嘉玉一行人停下腳步，不知是被嚇著了，還是想看看我是從哪冒出來的神經病，攝影棚內所有人的目光都集中在我身上，包括一臉絕望的方菲，以及面無表情的宋嘉玉。

「嘉玉姊，我是妳的影迷，我喜歡妳很久了！」我說，臉龐熱燙燙的。

宋嘉玉沒有接話，只看向身旁的工作人員。

「她、她是溫編劇！就是那個，溫又芸，溫編劇……」方菲急著說明，「就是，嘉玉姊有沒有聽過，《粉條男》、《雨落之聲》、《盛夏螢火蟲》的劇本都是她寫的。」

「妳就是那個被林總監發文怒罵的編劇？」宋嘉玉語調清冷。

赫然發現女神心中對我留下的印象竟如此不堪，我又是困窘又是難受，臉上卻還得勉力維持得體的微笑。

「是我。」我承認，暗地爲自己掬了一把同情淚。

宋嘉玉不說話了。

她全身散發出一種不怒而威的氣勢，讓人忍不住想要立正站好。我屏住呼吸，連一根指頭都不敢亂動，感覺她銳利的視線在我身上快速審視過一回。

「拿來吧。」說完，她轉頭和助理輕聲交代了幾句話。

「拿……」我呆呆地問，「什麼？」

「妳不是要簽名嗎？」宋嘉玉瞟我一眼，拉了拉肩上的毛料披肩，「快點，別耽誤大家時間。」

簽、簽名？我沒有要簽名啊。

我一陣慌亂，手邊又沒有紙筆，手足無措之際，不小心對上方菲惡狠狠瞪過來的眼睛，她看起來已經做好了放火燒我家的準備。

……不管了。

我心一橫，牙一咬，決定拿出包包裡那片根本不屬於我的DVD。

「請幫我簽名。」我是俗辣，雙手恭恭敬敬奉上了《溫婉玉》。

或許是沒料到我會拿出《溫婉玉》，宋嘉玉遲疑了一下才接過，助理立刻遞上簽字筆，她快速地在封面簽下一行龍飛鳳舞的字跡。

「謝謝。」我低聲說。有了宋嘉玉本人親簽加持，這片DVD的價格立即三級跳，從稀有版本變爲超、超、超稀有版本。

可是，我卻一點也高興不起來。

怎麼辦？

這不是我的東西啊！

我欲哭無淚地望著手中的DVD，我先是偷了人家的東西，現在又擅自請宋嘉玉簽名在封面上，我到底該怎麼和宋大翔解釋才好？

待宋嘉玉在一群人的包圍下離開攝影棚後，我的手機鈴聲倏地響起，瞥了一眼來電顯示，我要死不活地接起。

「路士懷，有事啓奏，無事退朝。」

結果還不等小路把話說完，我便切斷通話，奔出了攝影棚。

我衝到樓上會議室時，相關人士已齊聚一堂。張總監、朱導、執行製片、劇組統籌與副導都在，而宋大翔則與他們間隔著幾個座位。

宋大翔爲何會出現在這裡？

我帶著困惑，在他與眾人之間的其中一個座位就座。

「溫編劇，大致情形妳聽說了吧？」張總監雙手交疊在桌上，眉頭緊蹙。

我點點頭，「到底發生什麼事了？翠芳姊爲什麼突然不演了？」

小路在電話中提到，飾演石政雨母親的資深演員翠芳姊突然辭演，詳細原因並不清楚，只知道朱導已親自前去與翠芳姊溝通，卻仍無法讓她改變心意。

拍攝好不容易才步上軌道，怎麼會出這種狀況？

「其實，吳翠芳的說法是……」張總監朝我看來。

「是因爲我的關係。」忽地，宋大翔的聲音響徹了整間會議室。

我詫異地轉頭，發現他的表情比以往任何時候都要嚴肅。

「這是什麼意思？」

「讓我來說明吧。」朱導拿下帽子，他的頭髮被汗水浸濕，一綹綹貼在腦門上，「我盡量如實轉述翠芳姊的原話，她的說法是，有人希望她不要演，她對我們很抱歉，但她曾經受到對方的幫助，她別無選擇。」

這和宋大翔有什麼關係？

我正要發問，宋大翔卻早了我一步。

「那個『對方』就是樹人。」他說，憤怒、沮喪與無奈交織在臉上，「翠芳姊前幾年遇到困難時，樹人居中爲她介紹演出機會，我知道翠芳姊一直感念在心，知道我是樹人旗下員工，她在片場還特地向我致意。」

「可是，那也不能確定是因爲你……」

不然呢？

究竟是不是樹人從中作梗，在座每一個人都心照不宣。

「恩恩怨怨先擺在一邊，如今最重要的是，在這個時間點，怎麼找到替代的演員？」張總監嘆了口氣，翻閱手中的資料，「當初適合的人選都問過一遍了，不是檔期不合，就是不想接偶像劇，還有一些排斥同志主題的。如何？你們有什麼想法嗎？」

《我和她的男朋友》再過兩個月就要上檔，翠芳姊是最早開拍的演員之一，石政雨的母親在第一集便有吃重的戲分。按照劇組原先拉的班表，以及我交出的劇本進度，雖然拍攝時程很緊湊，還不至於被開天窗的壓力追著跑。

現在就難說了，就算演員找到了，還得要重拍，同時也必須配合場地的安排、演員的時間……一想到即將面對的苦難與挑戰，大夥的臉色一個比一個難看。

「不如嘗試聯繫一下婚後退隱的演員吧？那些年紀位於四十至五十歲左右的。」張總監沉吟片刻，提出解決方案，「我待會列出名單一一聯絡，有幾個人可能會有興趣。」

「但要是樹人又……」坐在對面的劇組統籌看了宋大翔一眼。

有那麼一瞬，所有人的目光齊聚在宋大翔身上，他緊抿著唇，不發一語。

「樹人應該不會做到這種地步。」張總監否定了這個臆測，「他們不可能和S台鬧翻，應該只是想挫挫大翔的銳氣，畢竟從前些天的新聞輿論來看，大部分的人都是站在大翔這邊。」

沉重的罪惡感再度襲來，如果不是因爲我的疏忽，宋大翔不會爲我背鍋，也不會掀起其他風波，小鼻子小眼睛的樹人更不會有理由藉機修理他。

這一切都是我的錯。

「如果張總監不反對的話，我會在面談的時候就詢問對方，是否和〈樹人〉有過合作，這麼做雖然有些過頭，但我不想再有萬一。」朱導難得板起了面孔，「當然，就我個人而言，我希望可以找一個無懼樹人影響的大牌。」

「宋嘉玉。」我突然出聲。

「什麼？」張總監傻眼，「宋嘉玉？」

「溫編劇，宋嘉玉不演電視劇很久了。」朱導皺眉提醒我，「就算是電影，近期她也多只是客串演出，很明顯不願意長時間投入拍攝。」

「而且，我們哪來的預算請宋嘉玉啊？」劇組統籌眼白直接往上翻了。

「噯噯噯，小董，你這話給我收回去！」張總監指著劇組統籌的鼻子叨念，「如果請得到宋嘉玉，錢的問題算個屁，我就是不吃飯也會把預算挪出來！」

「交給我吧。」

全場瞬間安靜，又一次地，所有人的目光聚集在宋大翔身上。

「這件事因我而起，我會負責請到宋嘉玉。」他說。

會議室仍是一片寂靜，大家都傻住了，沒人知道宋大翔是哪來的自信，然而大家也很清楚，此刻已是迫在眉睫之際，他不可能打腫臉充胖子。

但……宋嘉玉耶？他到底要怎麼請到她？

「既然大家沒有意見，那就這麼決定了。」宋大翔說完，立即起身離開。

「不、不是，大翔……大翔！」

不顧張總監的呼喊，宋大翔頭也不回走出會議室。

我呆了幾秒，顧不得和其他人禮貌道別，便一把抓起包包拔腿追了出去，剛繞過走廊轉角，就看見宋大翔停在電梯口。

「學長！」

宋大翔循聲朝我看來，「又芸？」

「學長，你眞的要去邀宋嘉玉嗎？」我怕他又急著走開，邊問邊抓住他的手臂。

「不相信我？」他緋緊的嘴角終於一鬆，熟悉的微笑重回唇邊。

但是，他看起來好累。

我的喉嚨一陣乾澀，「對不起，都是因爲我。」

「是我把妳拖下水的。」宋大翔毫不猶豫地將責任攬在身上，「沒事，我會處理好的，不過就是宋嘉玉而已，怕什麼呢？」

可是，你臉上的神情並不像你說的那樣輕鬆啊。這句話我說不出口，也沒資格說，只能鬆開抓著他的手，眼睜睜看著宋大翔走進電梯。

電梯門掩上的那一瞬間，他的笑容似乎也跟著消失不見。

✦

宋嘉玉眞的來了。

沒人知道宋大翔究竟是用了什麼方法才讓宋嘉玉點頭答應，全世界都很驚訝，不誇張，就是全世界，每一家報紙的娛樂版都爲此刊了好大的版面。宋嘉玉正式進組那天，張總監樂得請全劇組喝咖啡、吃下午茶。

然而，也不知道爲什麼，對於我的偶像、我的女神、我的巨星宋嘉玉參與演出我寫的劇本，我竟然一點也不開心。

我唯一在乎的，只有宋大翔現在好不好。

「靠，溫編，我想通了！我終於想通了！」小路拍掌大喊，興奮地在工作室裡繞圈圈，「我想通了、我想通了、我想通了！」

「想通自己是個笨蛋？」我不受干擾，繼續敲鍵盤。

「我知道宋嘉玉答應演出的原因了！」

「蛤？」停下打字的手，我視線掃過大半個辦公室，才發現小路坐在窗臺上不知道在幹麼，「你用想的就知道了？你什麼時候會通靈了我怎麼不知道？」

小路扎扎實實賞我一記白眼，「拜託，這等小事還需要請教鬼神嗎？」

「也是，你本人就滿像鬼的。」我說。

「這位小姐，有沒有禮貌？能不能好好聊天？」小路的白眼不用錢，他眞的是我看過對老闆最沒禮貌的員工，「妳到底想不想聽我完美的推論？」

「你想說就說啊，我又沒阻止你。」

「O、K！」就像是個過氣的秀場主持人，路士懷一手握著空氣麥克風，一手推了推鼻梁上不存在的眼鏡，「根據名偵探小路，也就是本人在下我的精闢推理，我大膽推測，宋嘉玉和宋大翔必定、肯定、一定有不可告人的關係！」

「可不可以告人我不知道，但我覺得他們可以告你。」

「哼哼哼，溫又芸小姐，話別說得太早，等妳聽完我的論述，我怕妳會跪下來崇拜我。」

「你到底要不要說？」我等得不耐煩了。

「好，廢話不多說。」這傢伙明明滿口廢話，他豎起三根手指，「請問妳記不記得宋大翔的三大謠言，手段、情史，還有……」

小路話間刻意的停頓充滿了曖昧。

「……包養？」

「叮咚叮咚！咦？等等，溫編妳要去哪？妳不認爲我分析得很有道理嗎？喔！我知道了！妳是不是又要去找宋大翔問清楚？我就知道！溫編妳果然是有膽有種的女漢子！」

「我要去工作！」大力扭下門把，我遲疑了一下，決定用很殺的表情回頭瞪路士懷，「這件事你要是敢跟別人亂講，你就死定了！」

「妳相信了？妳相信了對不對！哈哈哈，我就知道！」

砰地一聲，我把小路欠揍的笑聲關在辦公室裡。

我相信了嗎？

沒有，我才沒有相信。

確認過手機訊息，我招了一輛計程車前往劇組今日預定的拍攝場所。

那是一處位處於安靜住宅區的獨棟樓房，外觀樸實，具有時代感，公寓樓下有一棵約莫兩層樓高的樹木，枝葉正好探進陽台，也就是石政雨房間的窗外。

爲了商借到這間房子，劇組事前反覆和屋主溝通，再三保證除了房間布置以外，絕對不會破壞一磚一瓦，屋主才勉強同意。

踏進一樓客廳，攝影機拍不到的角落堆置著許多設備與服裝道具，工作人員各自忙碌，一見到我便紛紛和我打招呼。

我一一點頭回應，腳步未停，直往二樓走去。

「……媽，我不是那個意思，我只是要做報告。」

「報告不能平日做？我只是想要你多花一點時間陪我，難道這個要求很過分？」

「但我的報告……」

「政雨，媽媽需要你啊，你不會忍心放媽媽一個人吧？」

正在進行拍攝的起居室依照劇中需求重新布置過，明亮的光線集中在演員身上，朱導安靜站在攝影機後，透過鏡頭專注地捕捉葉司辰和宋嘉玉臉上每一絲細微的神情變化，他們有著相似、卻又截然不同的渴求。

這場戲是石政雨受到魏海影響，開始嘗試在母親面前表達自己的意見。

控制欲強的母親，不斷以道德與情緒綁架孩子；而從小被母親無微不至呵護著長大的孩子，即使在成長過程中逐漸產生自我思維與欲求，卻仍習慣順從母親。

這場最初的衝突，最後仍以石政雨的妥協收場。

石政雨黯然地回到房裡，回絕了魏海一起做報告的邀約，而堅信自己沒錯的母親坐在原位沉默不語，房門關上的冷硬聲響，就像是又一次關上了彼此溝通的心門。

葉司辰的演技在短時間進步許多，雖然仍有些青澀，卻也符合角色的形象，他在鏡頭前的姿態已經有了演員的模樣，即便對戲的對象是圈內資深的大前輩，也不顯畏縮。

另一方面，宋嘉玉的情緒堆疊信手拈來，輕易挑動觀眾的情感，現場自然而然沉浸在鬱悶的氛圍裡。

「卡！」朱導大喊，「很好，休息一下！」

一旁待命的工作人員立刻一擁而上，簇擁的對象當然是宋嘉玉。她是這個劇組裡眾星拱月的女王，人人噓寒問暖，遞茶送水，深怕稍有怠慢。

身爲忠實粉絲的我本該也和他們一樣，但我沒有。

我控制不住自己尋找的目光，終於發現宋大翔遠遠地站在房間邊角，半明半晦的光線使得他的表情看來有些陰鬱，他雙手環胸，神情淡漠得有些疏離。

「溫編劇。」

「朱導。」聽見叫喚，我循聲回頭，沒忘記此行的目的，「我看到你的訊息了。你說要改本，怎麼了？是劇本哪裡有問題嗎？」

朱導頓了下，往兩旁看了看，「我們到樓上說吧。」

跟著朱導離開前，我敏銳地察覺到宋大翔的視線往我們的方向追來，滿室的喧鬧像是與他無關，他一個人佇立在角落，看不出他現在心情如何。

我突然有股衝動，好想衝到他的身邊擁抱他。

爲什麼呢？

此刻沒時間容我仔細想明白，我得先做好分內的工作。

「其實是宋嘉玉的要求。」朱導倚著櫃子，放低了音量，「她覺得石政雨的母親不該那麼……用她的說法，她覺得她不該被塑造得那麼壞。」

「壞？」我困惑了，「她不壞啊。」

「我解釋過了，在這齣戲中，這個母親只是無法接受自己的兒子喜歡同性，才會做出一些偏激的行爲，她不了解她兒子，不代表她是個壞人，但宋嘉玉認爲劇中的種種安排是在過度醜化一個傷心的母親。」

聞言，我直覺反應是抗拒，「可是，石政雨和母親的衝突無可避免，若不如此，兩個想法截然不同的人怎麼相互傾訴、交流，繼而接納並理解對方？」

「或許可以把他們之間的碰撞改以比較和平溫情的方式呈現？」

「和平？」我差點笑了，卻是覺得可笑，「這個世界上有多少同志向家人出櫃時，能夠得到所謂的『和平』、所謂的『包容』與『愛』？朱導，我們討論過了，你清楚我想要表達的不是一個被迫和諧的虛假世界。」

「妳說的這些我都明白。」朱導說道，眼裡透出了愛莫能助的無奈，「但是，溫編劇，這才是現實世界。」

朱導的最後一句話令我頓時無言以對。

……是啊，這才是現實世界。

以朱導認眞負責的工作態度，以及對這齣戲的理解，我相信他一定早已和宋嘉玉溝通過，若是連他都沒辦法說服宋嘉玉，又或者，宋嘉玉並不願意接受導演的指示，那我和朱導爭論再多也無濟於事。

此外，我也可以想像得到，我再怎麼堅持己見，甚至不惜訴諸高層，例如張總監，他多半也只會兩手一攤，認爲這又不是什麼大事，既然宋嘉玉都這麼說了，那我爲什麼不照做？

在他們眼裡，宋嘉玉才是最重要的。

我不是，我的故事也不是。

現在我所能做的，只有竭盡所能保護我的故事不被歪曲。

「我明白了。」半晌，我終於逼自己這樣回覆，「我會修改劇本，但想要表達的涵義是不會變的，只是就像朱導說的，以比較『和平』的手法呈現。」

朱導點點頭，溫言說道：「溫編劇，辛苦了。」

或許我仍然是個不成熟的孩子。

即使不在朱導面前宣洩內心翻騰的失望，我也學不會當一個圓滑的大人，我沒辦法裝出笑臉，故作若無其事地待在劇組。

匆匆和朱導道別，我快步跑下樓梯，感覺自己就像一隻挾著尾巴的小狗，帶著僅有的一點自尊，驚慌失措地想要回家。

「……你也不想想，我是爲了誰才接下這個角色！」

一樓樓梯的轉角處，宋嘉玉正疾言厲色地怒斥宋大翔。

這是什麼情況？我僵立在原地，但還是被宋大翔發現了。

宋嘉玉的目光跟著隨之而來。

我上樓也不是，下樓也不是，思緒仍停留在與朱導剛剛的那場對話，一時不知該如何反應。

不曉得僵持了多久，宋嘉玉冷冷地掃我一眼，兀自轉身離開。

「抱歉，打擾到你們談話……」我再次邁步下樓，越過宋大翔就想走。

有人拉住我的手臂，不用想也知道是誰。

「又芸，我送妳回去。」他說。

我沒有拒絕。

我已經沒有心力再面對另一場拉鋸。

坐上宋大翔的車，同樣的副駕駛座，窗外的景色染上了深淺不一的鵝黃，我真的很希望有那麼一天，我能夠以愉悅的心情坐在這裡，而非總是帶著不同的忐忑不安。

望著向後飛逝的街景，胸口沸騰的不平逐漸冷卻，紅燈止住了奔馳的車速，我從窗上瞥見宋大翔注視著我的倒影，但我沒有回頭，只是靜靜看著窗外。

直到綠燈再次讓車流前行，我才轉向前方。

「你先走沒關係嗎？」我開口問道，「葉司辰不是還在拍攝？」

「沒事。他和范姜律、彭萱約好收工後一起吃飯。」彭萱也是這部戲的主角之一，是個很開朗的女生。宋大翔將方向盤打向右方，「我已經准假了。」

「那，我們現在要去哪裡？」我早就發現他行駛的路線與我家是兩個方向。

宋大翔面不改色，淡淡地說：「不知道。」

好一個不知道。

我閉上嘴巴，宋大翔不想說，我問再多也沒用，至少以我對他的了解，還不至於需要擔心他會把我載去賣掉。我縮回座位裡，沒了已然退卻的怒氣取暖，終於感覺到冷氣呼呼直吹帶來的涼意。

搓了搓手臂，我還沒開口，宋大翔便先伸手調小空調。

「……謝謝。」我有些驚訝他竟然會注意到。

「不客氣。」

原本明亮的天色被漸深的日暮取代，繁華的街景也變成一片蒼綠的自然景觀，宋大翔明顯是往郊外駛去。我們中途在一間便利商店稍作休息，兩個人不知道在較什麼勁，各自拎著一袋啤酒重新上路。

最後，宋大翔在一處路邊凹口停車，此時窗外已是漆黑一片。

宋大翔逕自下車，拿走了後座的兩袋啤酒。

我並不覺得害怕，也不覺得奇怪，隨著心情的平復，反倒多了幾分閒情逸致。

推開車門，迎面而來的是一陣來自山上的涼風。

宋大翔站在不遠處等我，我慢呑呑地走近，腳下是一片踩了吱嘎出聲的碎石子，一小顆、一小顆地竄進我的平底涼鞋。

「開車的人買什麼酒？」我斜眼瞟他，問了一句太晚的話。

宋大翔瞟了回來，「誰說我等一下還要開車？」

「不然呢？我可沒有駕照喔。」見他往前走，我自然而然地跟上他的腳步。

宋大翔倏地停步，他回頭一笑，笑得我心底發寒。

「那我們就一起在山上等死吧。」

Chapter 7

我不期待能有浪漫的夜景，但宋大翔帶我來的這個地方，只有三個字能形容——很荒涼。

有多荒涼？

隨意地坐在一塊還算平整的大石塊上，周遭是黑壓壓的樹叢，朝山下放眼望去，燈光稀稀落落，偶爾還要打死幾隻聞香而來的蚊子……想來這幾隻蚊子一定生活得很不容易，應該等了很久才等到像我們這樣傻的人坐在這裡，任憑自己變成牠們的大餐。

聽見啤酒開罐的聲音，我轉過頭，就見宋大翔已取出袋子裡的啤酒，正大口大口地飲下。

看他喝得那麼暢快，我當然不能落後。

於是，兩個傻子就在荒郊野地喝起啤酒來，我們之間似是有一種無須言語的默契，誰也沒多說一句，就是一個勁地喝酒，宋大翔喝得快，我喝得慢，互不勸酒，也不阻攔，在這個夜晚盡情放縱自己。

「……我喜歡那個聲音。」我說，臉有點熱熱的。

宋大翔看了看我，又看了看他手中的啤酒罐，捏在鋁罐上的手一出力，金屬被壓出喀啦聲，罐子頓時歪了腰。

「這個聲音？」他問，似乎覺得好笑。

「嗯。」我點點頭，「聽起來很爽快。」

「古有美人喜聽裂帛之聲，妳卻喜歡聽捏扁啤酒罐的聲音。」宋大翔笑了笑，把罐子丟進空袋，「學妹，這麼好取悅，當心被人拐走。」

我哼了聲，「也要有人願意取悅啊。」

「那還不簡單？」宋大翔接二連三地將一堆空罐捏扁，喀啦喀啦的聲響在夜色中不斷響起，「如何？開心嗎，『啤酒妃』？」

我咯咯傻笑，酒精讓我大膽了起來。

「所以，我要被拐走了嗎？」

宋大翔一頓，搖頭失笑。

「幹麼？」藉著酒意，我斜睨向他，「難道你想不負責任？」

宋大翔看我的眼神像是在看一個任性的孩子，「學妹，妳喝醉了。」

我不開心，用力瞪過去，「學長，我沒有醉。」

宋大翔笑了笑，不再和我抬槓，逕自轉開視線。

見他不理會我，我心裡莫名來氣。

本來嘛！在這種雞不拉屎、鳥不生蛋的荒山野嶺，宋大翔還能看什麼？有什麼好看的？難不成是對著空氣發呆嗎？

如果要發呆，那不如看我啊！

「宋大翔!你看什麼看!」不知哪來的衝動，我整個人撲到他身上，一心想要擋住他的眼睛，「這裡荒涼得連飛碟都不會經過，哪裡有東西可以看!」

我霸道地把宋大翔壓在石頭上，他卻一點都沒有被驚嚇到的模樣，面色柔和，嘴角還微微上揚。

「有啊。」他看著我，輕聲說道。

「有什麼?」我嘟嘴，像隻放刁撒潑的猴子，「有我好看嗎?」

「月亮。我在看月亮。」宋大翔撩開我垂下的長髮，嘴唇的弧線更加明顯，「放心，沒妳好看。」

我傻了，被他的舉動和笑容深深震懾。

宋大翔扶著我坐起身，我順勢跨跪在他的大腿兩側，與他四目相對，從他含笑的眼睛裡，我總算看見自己的行爲有多麼愚蠢。

雖然酒精讓我失去了些許理智，但羞恥心還是有的……應該吧?總之，我若無其事地從宋大翔身上挪開，坐回原位。

不論是我胡鬧或是乖巧，宋大翔全然不受影響，他依然神情自若地遙望月亮，一口口喝著罐身沁出水珠的啤酒，月光在他臉上鍍了一層淡淡的光輝，他濃密睫毛下的陰影，似乎隱藏著許多不爲人知的祕密。

順著他的目光抬頭一看，今天是滿月，然而再怎麼看，都是非常普通的月亮，不是能夠占據新聞版面的超級月亮，和上個月、上上個月看到的沒有什麼不一樣。

宋大翔卻看得十分入神。

至於我，我根本不在乎什麼月亮，只是一個勁地望著他的側臉。

這一刻，我忽然有種奇怪的感覺。

不是宋大翔長得很奇怪，他就算奇怪也是帥得很奇怪……不對，我的意思是，這段時間以來，我究竟是做了什麼，才會和宋大翔單獨坐在這裡，一個荒僻、杳無人煙的地方，兩人一起看月亮、喝啤酒？

他是……宋大翔耶！

我高一時期的男神，後來成了糾纏多年的噩夢，直到前陣子才終於能夠好好說話、和平相處，我們之間的關係什麼時候進展到能夠單獨約出去喝酒了？

喀啦聲再次響起，只見宋大翔又捏扁了一個啤酒罐，似笑非笑地看著我。

「學妹，好點了嗎？」他問。

我沉默一會兒，沒頭沒腦地開口：「又芸。」

「嗯？」宋大翔不懂，「什麼？」

「你本來叫我又芸的。」我很認真。

這是我第一次見到宋大翔語塞。

他似乎這時才意識到自己對我換了稱呼，反應竟有些倉皇，嘴巴幾度開闔欲言，卻又打住，像是試圖保持鎮定，卻仍不小心露出了慌亂的馬腳。

老實說，我覺得這樣的他挺可愛的。

宋大翔僵硬地回應，「怎麼了？」

「你知道月亮總是用同一面朝向地球嗎？」我看著月亮說，「從地球上始終不能完全看見月球的另一面。」

「Far side of the moon，月球背面。」

聰明的他果然知道。

「嗯，即便太空人早已多次前往月球探勘，月球背面仍然充滿謎團，聽說外星人就住在那裡喔。」

不知爲何，宋大翔聽著聽著就笑了。

「怎麼了？」奇怪，我說的不是笑話啊，「有什麼好笑的？」

「抱歉。」宋大翔摸摸鼻子，掩著笑意，「我只是在想，妳不是編劇嗎？怎麼會知道這些？」

「那是因爲我念大學的時候，寫了一個現代版嫦娥奔月的故事，當時就做過很多調查啊。」我不無自豪地說，蒐集資料、田野調查可是寫作必備的基本工，「你不要小看編劇，編劇說不定是地球上最博學多聞的職業。」

「我知道，妳很厲害。」

「哎，說厲害也太誇張……」

「我看過妳寫的戲，全部。」宋大翔輕鬆地拋出一個震撼彈。

等、等等，他說什麼？

我被嚇得往後一彈，差點滾下石頭，宋大翔趕緊伸手拉我一把。

「有必要這麼驚訝嗎？」他肩膀微微一聳。

他在忍笑，他一定是在忍笑。

「我、我……」我急了，慌張得語無倫次，「不是啊，哪有人會全部看完的？加起來集數不少耶！而且你明明就不喜……」

他明明就不喜歡我寫的故事。

他找我寫劇本，只是看中我的商業潛力，以確保葉司辰能快速走紅。

我知道，我清楚得很。

也許是我的表情洩露了太多，宋大翔立即讀懂我的未竟之意。

「我沒有不喜歡。」他說。

「你騙人……」我內心亂成一團，好一陣子說不出話。

「學妹，我喜歡妳替《雨落之聲》女主角寫的獨白。」半晌，宋大翔的聲音隨風而來，輕輕傳入我的耳中，「我喜歡《沒有蜜蜂的地方》農夫帶孫子走進花園裡的場景、《盛夏螢火蟲》的營火晚會、《和我喝一杯明天的咖啡》主角的回憶，還有《站住！前面的粉紅條紋衫！》的歡樂結局……」

「夠了。」我不想聽了，就算他是在稱讚我，「你不要再說了。」

「而我最喜歡的，是妳看待世界的方式，」他溫言說道，「很溫柔。」

我不懂，宋大翔到底在說什麼？

他才不喜歡我的故事，我知道的！

「騙人！你騙人！」我受不了了，藏在心底在多年的委屈終於爆發，「你說過的！你說我寫的東西是不值一提的垃圾，你覺得很噁心，看了就讓人反胃……這些話你明明就說過！所以我才會、才會……」

從高中至今所經歷的一切湧上心頭，都是因爲他，因爲宋大翔……從沒想過有一天會當著他的面說出這些話，那些被我刻意忽視的傷痛被硬生生挖了出來，以爲不痛了，卻還是痛得讓我想哭。

不能哭，沒什麼好哭的。

現在哭就太幼稚了，溫又芸，妳不可以哭。

「對不起。」宋大翔輕聲開口。

「你不要道歉！」我暴怒，那三個字爲我紛亂的心掀起更加劇烈的波瀾，「你道什麼歉啊！這樣會害我哭的！」

可惡、可惡、可惡！

我抹掉奪眶而出的眼淚，忿忿地背過身。

爲什麼我就是不能做個成熟的大人，大方地接受他的道歉？我幹麼要對他看遍我所有的作品起那麼大的反應？他說不定只是順口一說，根本就沒有特別的意思。

還有，別人的評價到底有什麼大不了？宋大翔的評價對我來說又有什麼重要的？

我想笑啊！

爲什麼我就是不能一笑置之？

想到這裡，我的鼻子泛上一陣酸澀，眼淚好像又要掉下來了。

「學妹。」

聽見他喊我，一滴淚不爭氣地再次滑落。

「幹麼啦？」我抹掉淚水，卻藏不住哽咽。

「抱歉，擅自帶妳來這種地方。」宋大翔低低的聲音在我背後響起，「還有，那個時候，我不是眞的討厭妳的作品。」

既然如此，你當時爲什麼要那麼說？

我想不透，情緒激盪之下，也無法開口向他要一個解釋，我怕我一張嘴就會哭出來，那太丟人了。

沉默延續許久，我們之間再無交談。

迎著晚風仰望月亮，心中的紛亂竟不知不覺消散許多。這是不是就是方才宋大翔久久望著月亮出神的原因？只要抬起頭，月亮就在那裡，散發著柔和明亮的光芒，永遠都不會離開。

永遠。

「學長。」這次換我出聲喊他。

「嗯？」宋大翔回應，「怎麼了？」

「我原諒你了。」我說，語氣比自己想像得還要堅定，「你以後不要再向我道歉了。」

沒錯，我原諒他了。不管之前發生過什麼事，我不願再追究，也不想再被過去糾纏不放，而擺脫過去的第一步，就是放下，並且原諒。

「謝謝妳。」宋大翔的聲音好溫柔。

當我回過頭，看見他臉上掛著柔和的微笑。

就像月亮一樣。

我這個人有個說好也好，說不好也不好的毛病。

有些人是千杯不醉，有些人是一杯就倒，有些人醉了之後便乖乖倒頭大睡，有些人醉了則會發酒瘋，但酒瘋發完就斷片，而有些人，例如我，卻是發完酒瘋後，隔天仍能記得一清二楚。

坐在宋大翔的車上，我悶不吭聲，滿腦子只想把昨夜的自己掐死。抵達住家樓下，我不敢和宋大翔目光交會，匆匆說了句再見，便腳底抹油衝上樓，把自己埋進被子裡瘋狂尖叫。

並且怎麼也忘不了宋大翔一個人靜靜望著月亮，孤單得讓人心疼的畫面。

「所以，妳真的把本都改完了？」方菲雙手搭在方向盤上，翻了個大白眼，「我就說那個女的有神經病吧。」

「小姐，妳口中的『那個女的』可是宋嘉玉！」

「宋嘉玉又怎樣？宋嘉玉有抗神經病基因嗎？」方菲提到宋嘉玉就是一臉憤慨，「妳知不知道那天錄完，她跟我們製作人囉哩囉嗦老半天，這段要剪，那段不能播……她那麼行，節目交給她來做啊！奇怪！」

「她只是要求比較高嘛。」

「嗤，她要求高？出爾反爾比較在行吧。」方菲火力未減，「要不是她錄影前一天臨時變卦，我們也不會熬夜加班，約定好的訪綱說不聊就不聊，主題一變，架構統統要改，事後更對剪輯後製指手畫腳，一點都不體諒工作人員的辛勞！」

「我都忘了還有這件事……」這下連我都沒辦法護航了。

忽地，方菲神情一改，對我曖昧地挑了挑眉。

「對了，妳知道宋嘉玉本來要聊什麼主題嗎？」她問。

我聳聳肩，不是很在意。

「當然就是收視率最高的L、O、V、E，Love，愛情啊！」方菲大概是近墨者黑，感染到小路的浮誇病，說話的語氣愈來愈誇張，「我們期待得要死，結果呢？她就這樣出爾反爾！不專業、不道德啊！」

「妳們只是想八卦而已吧。」

「妳不懂，八卦乃人之天性，收視率是血淋淋的戰爭！」方菲說得好不悲壯，「再說了，宋嘉玉的感情世界一向神祕，她條件這麼好，從來不乏追求者，卻一直保持單身到這個年紀，這件事本來就令人好奇，前陣子不是流傳她養小白臉的花邊消息嗎？妳看，多有話題性！」

等等，小白臉？

想起小路上次的猜測，以及不久前意外撞見的那一幕，我心裡一震，宋嘉玉和宋大翔，他們看起來的確不像是只見過一、兩次面的關係。

「喂，那妳呢？」方菲再次將話題繞回我身上，「被她要求改本，妳不生氣啊？」

「氣啊，怎麼不氣？」我拉回心神，不讓自己多想，「可是能怎麼辦？換個角度想，因爲她的條件限制，反而能讓劇情張力變得更大，姑且也算是因禍得福吧？」

「因禍得福咧，什麼跟什麼啊……」方菲搖頭，「算了，妳要眞這麼想，我佩服妳。」

方菲認爲我是在嘴硬，但我說的可是實話。這次我大幅修改石政雨母親一角在聽聞兒子喜歡同性後的反應，讓她改以比較溫和的方式來應對處理，我眞心認爲修改後的版本比原本的好上許多，絕非自我安慰。

不久，方菲將車子停靠在路邊，附近有一間外牆漆成白色的教會，是今天劇組預定的拍攝地點之一，一群工作人員已經各自就定位，旁邊則是各式架設好的攝影器材，引來不少路人駐足圍觀。

「目的地就在您的右手邊。好啦，快點下車，我快遲到了。」方菲只是順路送我過來，她待會還得回公司開會。

「謝啦，改天請妳吃飯。」我跳下車，笑嘻嘻地和她道別。

目送方菲的車子離開後，我站在樹蔭底下，朝在陽光下閃閃發光的白色建築看過去。

今天拍攝的是一場母子衝突戲，拍攝正在進行，現場十分安靜，攝影機架設在軌道上，朱導和工作人員占據人行道一側，教會門口走出一對拉扯的身影。

「政雨！聽媽媽的，一次就好，我們進去聽一次就好！」宋嘉玉急急拉著葉司辰的手，試圖拉著他返回教會。

飾演石政雨的葉司辰不爲所動，他紅著眼眶，呼吸沉重。

「妳是不是覺得我有病？」他顫抖著聲音質問母親，「因爲喜歡和我同性別的人，妳是不是就覺得我很髒？裡面的人是不是告訴妳，只要我照著他們的話做，我就會恢復正常？」

「政雨，我們試試看，好不好？」母親充耳不聞，「媽媽也是爲你好……」

石政雨的眼淚流了下來，「是不是我喜歡男生，我就不再是妳兒子了？」

母親抬頭，無語地看進兒子眼中。

她沒有回答，卻已給出了答案。

石政雨在那一刻死了心，大力甩開母親的手，快步走下階梯。

「卡！」

導演一聲令下，葉司辰走了回來，眼睛紅通通的。

「政雨不錯，待會換鏡再來一次。」朱導拍拍葉司辰的背，轉頭發現我，對我點了點頭，示意我等他一下。

爲了配合宋嘉玉的檔期，劇組近期集中拍攝她的戲分，我也趕在今天清晨把後半段的劇本修改完成，朱導收到消息後，馬上請我到片場和他開個小會。

「溫編，好久不見。」葉司辰朝我走來，不好意思地抓抓頭。

「嘿，葉司辰！」我三步併作兩步跑到他面前，硬是伸臂勾下他的脖子，「好棒、好棒，愈來愈進步了，不是昔日的『吳下司辰』了。」

「別這麼說，我只是稍微——」葉司辰用食指和拇指比了一小段距離，「開竅了一點點而已啦，沒什麼了不起的。」

此時，化妝助理遞來一小包用毛巾包裹的冰塊，目的是要讓葉司辰哭紅的眼睛盡快恢復正常，等會換鏡重拍才能連戲。

「來來來，坐在這裡，我幫你拿。」我拉著他坐到一旁的花圃，接過他手上的毛巾替他按在眼睛上，「最近拍戲和大家處得好不好？有沒有人欺負你？有任何委屈儘管告訴我，溫姊姊替你做主！」

「好，我列個清單給妳……沒有啦，大家都對我很好，劇組很照顧我，我也常常和范姜律、彭萱他們一起約吃飯，真要說的話，就是除了趕戲，還要準備期末考有點辛苦，不如溫姊姊替我向教授討個公道好了？」

我大笑，用另一隻手捶他一拳，「想害我？我還怕你的教授拿棒球砸我呢！」在他的學校被棒球砸成腦震盪這件事，我這輩子都不會忘記。

「啊，突然想起一件事！」他的表情變得神祕兮兮的。

「嗯？什麼？」

葉司辰示意我移開毛巾，招了招手要我湊近，「有關嘉玉姊的事。」

「她怎麼了嗎？」我放低音量，不讓其他人聽見，「她欺負你？」

我實在不忍心告訴葉司辰，如果要向宋嘉玉討公道，放眼整個演藝圈可能沒幾個人夠格，我只能拍拍他的肩膀，勸他學學我，牙一咬，把那些氣悶難受都硬吞下去，這就是在演藝圈裡的生存之道。

「哎喲，不是啦！妳不要亂猜，其實是我察覺到一件事。」葉司辰的額頭親密地抵著我的額頭，「覺得有點奇怪。」

「到底是什麼事？」我往前撞了下他的額頭，「你快說啊！」

「就是啊，我發現嘉玉姊好像很關注大翔……」

「你們在幹麼？」

葉司辰和我同時抬頭，就見宋大翔似笑非笑地望著我們。

「大、大翔哥……」

「學長……」

他瞇眼微笑，「誰能解釋一下？」

「沒、沒有啊！就好久不見了嘛，我們……我們敘舊！敘舊！對不對、對不對，葉司辰？」我猛架葉司辰拐子，逼他趕快附和我。

「對、對、對啊，敘舊！」葉司辰一緊張就結巴，超沒說服力。

宋大翔當然不相信，他懷疑的目光在我們身上來回掃視，我不敢和葉司辰交換眼色，只強作鎮定，祈禱他找不到任何破綻、早早放棄。

最後宋大翔嘆了口氣，拿我倆沒轍。

「注意你們的行爲舉止。片場不曉得什麼時候會有記者來採訪，被人誤會傳出緋聞就不好了。」宋大翔提醒了幾句，指向前方圍在一起的工作人員，「張總監送了冰咖啡過來，你去拿一杯喝吧。」

他後面那句是對著葉司辰說的。

葉司辰立刻領命，走了幾步還回頭看我有沒有被罵。

我偷偷揮手，要他快走。

「還有餘裕擔心別人啊？」宋大翔發現我的小動作，好笑地伸手揉亂我的頭髮，「都是大人了，怎麼還跟個小孩子一樣，和葉司辰玩得那麼好？」

我不服氣地嘟噥：「這是在拐彎罵我幼稚嗎？」

「這叫明示。」他笑笑。

「我看你是嫉妒吧。」我反擊。

「嫉妒誰？」宋大翔揚起危險的微笑，「嫉妒妳？還是，嫉妒葉司辰？」

兩者的差別在我腦海裡快速過了一圈，我意識到這是一個陷阱，臉頰倏地熱了起來，不想回答這個問題，於是便推開他，想去喝杯冰咖啡降降溫。

「不理你了，我覺得口好渴啊。」

「我陪妳去。」宋大翔信步跟上。

我沒理他，悶著頭往前走。

送來的咖啡依口味放在不同的保麗龍箱，我們去的時候已經晚了，杯數所剩不多，尤其是拿鐵，只剩下一杯孤伶伶地窩在箱子裡。

「妳想喝哪一種？」宋大翔問我。

另一種口味是冰美式，而我不太喜歡沒有牛奶調味的咖啡。

「拿鐵……」

「我喝拿鐵好了。」他伸手就把碩果僅存的拿鐵拿走。

我傻在原地，腦袋有好幾秒是空白的。

「怎麼？學妹，妳也想喝拿鐵嗎？」宋大翔搖了搖杯子，冰塊發出喀啦喀啦的聲音，

「不好意思，先搶先贏。」

這是在挑釁吧？

是吧？

我硬是撐起笑容，「沒關係，我喝美式也可以。」

「眞的？」宋大翔裝出一副不好意思的樣子，「不然我和妳換好了。」

「沒關係、沒關係。」我連忙拿起一杯冰美式，插進吸管喝了一口，差點沒被苦死，「咳，這個也很好喝……」

宋大翔笑笑地望著我，我分不出他是在嘲笑我，還是……隨便啦，現在最重要的是，我到底該拿這杯咖啡怎麼辦啊？

不料，宋大翔竟冷不防換過我和他手上的咖啡，我還來不及反應，就看到他就著我剛喝過的吸管喝了一口。

「突然想喝美式。」他的嘴邊浮現壞透了的笑意。

我整張臉都紅了。

「溫編……」朱導實在很會抓時間過來，他詫異地看著我問：「妳很熱嗎？妳的臉好紅。」

「啊？哈哈，對啊！」我狼狽地作勢用手搧風，「今天怎麼這麼熱？」

宋大翔居然竊笑！

我狠狠瞪他，換來他張揚的笑聲。

「抱歉，臨時找妳過來開會。」朱導奇怪地看了宋大翔一眼，便忙著說正事，他略顯疲倦地嘆了口氣，「是這樣的，剛才嘉玉姊聽到妳來了，也想一起討論劇本，如果溫編劇不介意的話，她正在教會裡面休息，我們現在過去。」

我當然沒有意見，「那就走吧。」

「不好意思，我可以加入嗎？」宋大翔忽然舉手。

朱導和我都嚇了一跳，不知道宋大翔此舉是何用意。

「倒也沒什麼不行，」朱導想了想，把決定權交到我的手上，「溫編劇呢？方便讓宋先生一起參與嗎？」

我猶豫了一會兒，不是不想讓宋大翔加入，但總覺得他之所以這麼要求，似乎另有隱情。

「我沒意見。」我找不到理由說不。

朱導領著宋大翔和我去到教會二樓，劇組人員將這處空間做爲臨時休息室，宋嘉玉專屬的休息室。涼爽的空調、舒適的座椅、溫熱的茶水和切好的各式水果，雖然早知道宋嘉玉的待遇不同於一般演員，但親眼目睹仍忍不住有些驚訝。

從鏡子裡注意到我們走近，宋嘉玉放下正在閱讀的劇本。

「後續的劇本有帶來嗎？」她頭也不回地說。

「有，在這裡。」我一愣，連忙遞了過去，「我有特別標記母親的戲分。」

我下意識掃了鏡子一眼，不過就那麼一瞬，我看見宋大翔眉間一皺，不悅之情全浮現在臉上，當我想看得更仔細一點時，鏡子裡的宋大翔已恢復面無表情，安安靜靜地站在我身邊，一同等待宋嘉玉看完劇本。

在最初的劇本裡，母親採取激烈的手段反對兒子的性向，不但動手和石政雨拉扯爭執，更以自己的身體健康做爲籌碼威脅；而修改過後的版本，抹去母親銳利的稜角，少了尖銳的打罵和爭吵，改讓母親帶著兒子參與宗教活動、看心理醫生，企圖藉此改變、甚至「修復」石政雨的性向。

那樣的「和平」手段，或許才是讓人最痛的。

時間一分一秒過去，宋嘉玉慢條斯理地翻閱劇本，我在她身後等得有點緊張，不是擔心自己寫得不好，而是擔心她若還是不滿意，那我該如何反應？和她大吵一架？或者盡量理性溝通，訴諸以情？

正當我忐忑不安之際，宋嘉玉陡然蓋上劇本，不發一語。

朱導和我面面相覷，不懂她這是什麼意思。

「嘉玉姊，請問有什麼問題嗎？」朱導開口，態度不卑不亢。

她的手指一下一下地敲著劇本。

朱導繼續試探地說：「溫編劇修改過的版本，其實比較……」

「妳是不是聽不懂我說的話？」宋嘉玉說話的對象不是朱導，她凌厲的眼神透過鏡子，射向倉皇無措的我。

我無法理解她爲何會這麼問，一時不知該如何回應，只能傻愣愣地望著她。

宋嘉玉搖了搖頭，「本來聽說妳的作品很不錯，沒想到不過爾爾。」

「不好意思，方便請問嘉玉姊對於劇本有哪裡不滿意嗎？」我深吸口氣，試圖解決問題，「我的作品確實不夠完美，如果嘉玉姊願意給予指教，我將十分感謝。」

「若是演員還得教編劇怎麼寫戲，需要妳幹麼？」

我一頓，盡量維持自己語氣的平和，「話不是這麼說，畢竟演員也同樣需要深入角色的內心，或許能發現我所忽略的盲點。編劇和演員雙方應該可以相輔相成，共同創造一齣好戲。」

「那好。」宋嘉玉清冷的眼神朝我看過來，「我上次和朱導演提出的建議，妳說來聽聽？」

「嘉玉姊認爲石政雨的母親不該被塑造成『壞人』。」雖然我不認爲石政雨的母親那樣的表現就是所謂的壞人，但現在不適合爭論這個，「所以我修改了母親的應對方式，我認爲這次的寫法更能讓人理解……」

「我不在乎那些。」她打斷我的話。

「什麼？」

「我只問妳一個問題，爲什麼是這樣的結局？」

「結局……妳是指，石政雨最後仍然沒有和母親和解？」

宋嘉玉透過鏡子冷冷地看著我，沒有回話。

我想，她不滿的應該就是這個部分沒錯了，只不過，這邊是我的底線，我並不願意改動，即使提出要求的是宋嘉玉。

「抱歉，我不認爲這個結局有問題。」我這句話令宋嘉玉不敢置信地轉過頭來，她凌厲的目光幾乎在我身上燒灼出一個洞來，但我沒有退縮，「破裂的感情不可能輕易修復。至少，不會是在故事結束的當下。」

故事的最後，石政雨早已搬離家中，幾乎不與母親聯繫。這是不再事事順從母親的石政雨，不得不爲自己做出的決定。

可是，這不代表母親不愛孩子，或者未來母子之間的僵局就沒有轉圜餘地。最後一集裡，有一場戲是母親主動接過同志團體分發的傳單，象徵她終於敞開心胸，學習理解自己的孩子，而唯有願意踏出理解的第一步，感情才有修復的機會。

對我來說，這才是眞正合理的快樂結局。

但顯然宋嘉玉並不這麼想，因爲她毫不留情地冷笑了聲：「溫編劇，妳好像誤會什麼了？」

我無法忽視她笑容裡的輕蔑，「我不懂您的意思。」

「說明白一點，妳的戲不過是搭上時下流行議題的偶像劇。議題如何發揮不是重點，觀眾要的很簡單，就是一個歡歡喜喜的大結局，難道妳眞以爲這種戲，能帶給觀眾什麼教育意義？」宋嘉玉優雅卻冰冷的嗓音不疾不徐響起，「提醒妳，別把自己看得太重要，妳的作品也是。」

那一刻，我忽然覺得好冷，就像被當頭淋了一桶冰水。

宋嘉玉其實沒有說錯。

對很多人而言，我的作品太表面，選擇爭議性題材只是爲了吸引大眾注意，根本不是爲了議題發聲，收視率好又怎麼樣？只是手段操作了得，算不了什麼。

在他們眼中，我不是一個好編劇，我寫不出眞正的好作品。

不管我怎麼要自己不去理會外界的評論，但哪那麼容易？相似的評論反覆出現，我還是會受傷。更別說，宋嘉玉是我崇拜多年的偶像，由她再次將利箭射向我從未癒合的傷口，那眞的……

好痛。

「把自己看得太重要的人是妳吧？」

我來不及詫異，宋大翔已經擋在我身前，並緊緊握住我忍不住顫抖的手。

「不尊重專業，單憑個人喜好就想更改劇本，不過是在演藝圈多待了幾年，妳眞以爲自己的意見多有參考價值？」宋大翔言辭犀利，完全不在乎宋嘉玉愈來愈鐵青的臉色，他將一句相仿的話砸回給她，「提醒妳，不要以爲世界圍著妳打轉，妳的存在沒有那麼重要。」

我嚇壞了，急忙拉著他的手，「宋大翔，你不要衝動。」

「身爲演員就好好演戲，妳不是神，這個世界不歸妳管。」

「宋大翔，你別太過分！」宋嘉玉生氣了，聲調明顯拔高。

「就連瞎子也看得出來是誰比較過分，勸妳不要再自打嘴巴。」

「宋大翔！」我急得不知如何是好。

宋大翔卻置若罔聞，看著宋嘉玉的眼神越發冷漠，「如果妳是因爲我，才故意找溫編劇麻煩，請妳不要白費力氣，否則妳我的故事絕對不會像戲裡一樣，還能有個美好的完結篇。」

說完，宋大翔握著我的力道突地加重，而我的雙眼瞬間瞠大。

他、他剛才說的那些話是什麼意思？

該不會……宋嘉玉和他該不會是……

「媽，妳聽清楚了嗎？」

Chapter 8

〈陪你在月球散步〉　　　一年三班　二十六號　溫又芸

我想，你一定是累了吧？

在公車上打盹，
在課堂發呆，
在人們面前露出一模一樣的微笑。

你一定很累了吧？我問你。
你只是笑了笑。

一樣的荒郊野外，一樣的大石頭，一樣的啤酒作伴，一樣的宋大翔和我，以及掛在天空的月亮，儘管相比那日缺了一小角，卻依然能令人看著看著就平靜下來。

幾分鐘前，我得知了幾個一旦公諸於世便會引起軒然大波的祕密：

一、宋嘉玉是宋大翔的親生母親。

二、他直到國中畢業那年才親眼見到她。

三、在那之前，宋大翔一直是外公外婆帶大的。

我不知道應該做出什麼反應才好。很驚訝嗎？的確，我非常驚訝，但表現得太誇張似乎很失禮；那要裝出波瀾不驚的樣子嗎？好像也不太合理，他會不會覺得我很假？

「學長，老實說，你其實是外星人吧？」

聞言，宋大翔立即大笑出聲。

他不知道我費了多大的心思才想出這樣的回應。

不過，他笑了就好。

我悄悄吐出一口長氣，緊繃的身子稍微放鬆了一點。

「對了，」宋大翔偏頭看向我，「《溫婉玉》在妳那裡吧？」

我都忘了還有這件事！我再次僵直了身軀。

我倆坐得這麼靠近，宋大翔一定看見我的瞳孔經歷了一場大地震，我張開口，卻嗯嗯啊啊的說不出話，把自己搞得像是剛拔完智齒……

天哪，宋大翔這個人到底在心裡藏了多少事？

「你、你怎麼知道是我拿的？」我招了，想知道自己是怎麼露餡的。

「不然呢？最近來過我家的就妳一個。」宋大翔眉一挑，「還是說，妳以爲隨便哪個人都可以進來我家？」

我想也不想便點頭，「嗯。」

接著，我被當頭賞了一記爆栗。

「我又不是故意的！誰叫你……」

他淡淡瞟了我一眼，「怎樣？」

誰叫你喝得爛醉被一個女人扛回家！

天知道我多想這麼回話，無奈我眞的是個俗辣。

「總、總之，我是不小心……」好一個不小心，我說了都覺得彆扭，「哎，我下次見面就拿來還你嘛！我眞的沒有要占爲己有的意思。」

「妳喜歡的話就送妳吧。」宋大翔不在意地聳聳肩，「反正，我也只是沒丟掉而已。」

「咦？但是……」那可是宋嘉玉的成名作啊！紀念價值連城！

時經多年，《溫婉玉》片盒的外觀難免有了些歲月痕跡，但整體保存情況算得上是非常良好。要是眞那麼可有可無，會如此細心收藏嗎？

「不想要？」看穿我的猶豫，宋大翔果斷說了句，「不要就幫我丟掉。」

「沒有！我沒有不想要！」我連忙澄清，「我、我會好好替你保管的。」

宋大翔笑了笑，「妳不要想太多。我和她的關係本來就不好，今天的事不代表什麼。」

也許是宋大翔的反應太過坦然，我並沒有感覺到宋大翔把他和宋嘉玉的關係視爲禁忌，甚至在他與宋嘉玉發生爭執之後，他也有好好完成工作才離開拍攝現場。

當然，宋嘉玉也是。

除了目睹一切的我和朱導，現場沒有任何人察覺兩人有異。

偏偏就是宋大翔這樣的若無其事，才更讓人覺得矛盾。

「學長，你不喜歡宋嘉……你媽媽嗎？」半晌，我終於開口問道。

「老實說，我和她不熟。」比起我的遲疑，宋大翔不加思索就答，「但如果硬要說喜歡或不喜歡的話，我可以告訴妳，我不喜歡她，因爲我不知道該喜歡她哪裡，但我也不討厭她，我和她不熟到連討厭的點都找不到。」

又來了，又是那樣突兀的故作輕鬆。

興許是我的表情洩漏了內心所想，宋大翔對我挑了挑眉。

「妳不相信？」

「倒也不是不信，只是……」

「妳不清楚我是用什麼心態來面對她的，我能夠不討厭她已經很好了。」宋大翔別開目光，喝了一口啤酒，「我從小就沒見過她，我知道我媽是誰，卻不知道她爲什麼不要我，街坊鄰居總是在背後說閒話，小時候我不懂，很愛問大人這個問題，但只要一向外公外婆問起，他們就會難過，既然如此，那我不要知道也沒關係。」

我是不清楚現在的他是怎麼想的，但我可以想像小小的宋大翔會有什麼樣的想法。

爲了不讓年邁的外公外婆操心，也不想他們因爲他被看不起，宋大翔一直竭盡所能當個好孩子，成績優秀，待人有禮，不管什麼都做得很好，就是希望扶養他長大的外公外婆爲他感到驕傲。

「結果我考上高中的那一天，她突然出現，說要把我帶走。」宋大翔輕扯嘴角，似乎覺得很可笑，「我能夠理解外公外婆認爲我和她住在一起會比較好，『培養母子感情』嘛，我懂。」

宋大翔的外公外婆大概以爲，主動要求接回宋大翔的宋嘉玉，會好好照料他，承擔起做爲一個母親的職責，然而事實卻並非如此。被帶離外公外婆家後，宋大翔被安排住進一間由宋嘉玉租下的公寓，獨自一個人生活。

「清潔阿姨每個星期會過來打掃，每個月有一筆錢匯入銀行帳戶，生活作息沒有人管，我愛幾點睡就幾點睡，愛吃什麼就吃什麼……聽起來是不是很爽?但我眞不知道自己到底是她兒子，還是被她包養的小白臉?」

當時，宋嘉玉的演藝事業蒸蒸日上，沒有時間也沒有心思放在兒子身上，而宋大翔本就獨立，也不曾主動聯繫母親。儘管是母子，兩人卻從未單獨相處超過十分鐘。

對宋大翔來說，有沒有媽媽好像沒什麼差別。

「有時候，我還眞希望沒這個媽。」宋大翔又喝了口啤酒，「至少我還可以和外公外婆住在一起，至少放學回家，還有外公外婆陪我。」

你總是一個人。

與自己分享明媚陽光，
獨自撐著下雨的傘。

你總是一個人笑著，
卻不曾看你一個人哭過。

我總算明白爲什麼宋大翔會討厭我的文章了。不是因爲他被我拿來做爲寫作的題材，也不是因爲同儕的起鬨，而是因爲我誤打誤撞寫出了眞正的宋大翔。文章裡的他永遠都是孤伶伶的一個人，就和現實裡的他一樣。

當他的祕密無預警地被一個陌生人揭開，並寫成白紙黑字任人瀏覽，那些遭人取笑的內容全是事實……因爲是事實，辯白就等於承認，因爲是事實，撇清就等於說謊，他什麼都不能做，只能等待眾人的注意力盡快轉移。

宋大翔討厭我也是理所當然。

「所以，」我思索了一會兒，「你們的關係一直維持這樣？」

「不然呢？還能怎麼樣？」

「我的意思是，你有沒有和她談過？」

「還有什麼好談的？」宋大翔皺起眉頭，彷彿被踩到尾巴，「她不曾盡到身爲一個母親的責任，憑什麼要我向她求和？難道妳也覺得因爲是母子，我就要無條件接受她？」

「我沒這麼想。」

「又來了，又是同一套說詞。」宋大翔似乎沒聽進我的話，他冷嗤一聲，「天下無不是的父母、她是你媽，你應該體諒她⋯⋯」

「我說了，我沒這麼想，你不需要用這種態度對我。」面對他的嘲諷，我反而十分冷靜，「我從來就不認爲父母與兒女的感情是無條件的愛，一段良好的關係必須建立在眞誠與時間之上，而那絕對無關血緣。」

一如《我和她的男朋友》裡石政雨與母親的衝突，當石政雨努力嘗試與母親溝通，換來的卻是一次又一次的傷害，他愛他的母親，他不會因爲受到傷害就選擇報復，但他也不需要默默忍受、委曲求全。

「你和宋嘉玉之間如何是你們的事，要不要和她和好，是你的選擇，沒有人可以逼你。」迎上他的視線，我平靜地說道：「可是，你心裡是怎麼想的，只有你自己知道。」

事實上，我不認爲宋大翔是眞的不願和宋嘉玉和解。

但我沒有說出口，那不是外人可以介入的。

晚風徐徐拂過，宋大翔直勾勾地望著我，背後是缺了一小角的月亮，我看不清他逆著光的表情，卻能感覺到他已慢慢冷靜下來，原本明顯得令人不快的防衛也漸漸消失不見。

「抱歉，是我反應過度了。」他抹了抹臉，做了個深呼吸。

「嗯，沒關係。」我聳聳肩，沒放在心上。

「沒想到妳會說得這麼直接。」

啊。」

「是嗎？」不明白這是稱讚還是挖苦，我只能這麼回答，「我也有你不知道的一面

宋大翔瞥了一眼月亮，「Far side of the moon？」

也許吧，Far side of the moon。

就像是月亮背面永遠見不著光，我們每個人都有祕密、都有不爲人知的一面，然而比起我，宋大翔把那一面藏得非常好。

他藏得太好，也藏得太深，讓人無法看透。

「她今天說的那些話，妳不要放在心上。」宋大翔話鋒一轉，突然提到宋嘉玉對我的批評，「妳的作品並沒有那麼淺薄。」

我想，我的表情一定僵了一下。

「喔，我知道啊。」

「不對，妳不知道。」宋大翔嚴肅地說，「只要看過妳寫的劇就會明白，妳的目的很簡單，就是拋磚引玉，吸引更多人關注社會議題，或許談得不深，但絕對稱不上譁眾取寵。學妹，妳必須對自己、以及對妳做的事情有信心。」

從宋大翔認眞的眼神看得出來，他這番話是發自眞心。

其實他說的我都知道。

我一直都很清楚那些批評我的人是怎麼說我的，常罵的就是那幾句，我早就倒背如流，但我也很清楚，我並不想因此而改變自己。

既然如此，我能做的便是學會與那些刺耳的言論共存。
就像宋大翔說的，我必須對自己有信心。
喝了一口退冰的啤酒，伴著口中餘留的苦味，我細細體會他方才說的話。
此時，又是一記啤酒的開罐聲響起。
我朝宋大翔看過去，不為別的，我就只是想看著他而已。

你沐浴在月光之下，
獨自畫出了寂寞的影。

那時的我，
只覺得那道影子和你一樣美麗。

又一次，我想起當年寫下的句子。
和那時相比，宋大翔的臉上多了揮之不去的疲憊，眉間的皺痕似乎更深，看著這樣的他，我感到一股疼痛從心口泛起。
「學妹。」
「嗯？」忽然聽見他的叫喚，我一時沒回過神，「什麼？」
「妳還願意陪我嗎？」

「陪你……」

「陪我在月球散步？」

看著宋大翔嘴邊若有似無的微笑，我徹底傻住了。

如果累了，

別忘記你還有我啊。

如果地球很危險，那我願意陪你冒險犯難；

如果你想移居月亮，那我就陪著你在月球散步。

你快樂了我也跟著微笑，那就是幸福。

宋大翔，你願意讓我陪在你身邊嗎？

我終究必須承認，這確實是一封寫給宋大翔的情書。

我一直以為這篇文章只有我像個傻瓜般牢牢記著，以為這場青春時期的夢魘，在宋大翔的心上早已船過水無痕……原來抓著回憶不放的人，不是只有我而已。

「現在的妳，還願意陪我嗎？」他問。

宋大翔的臉被月光輕輕籠罩上一層薄光，唇角依然掛著微笑，眼神卻帶著無比的認眞。

「只要你需要我，我就會在。」我也用無比認眞的心情點了點頭，「如果你覺得寂寞，我一定會——」

下一刻，我所有沒說完的話都被堵在他的懷抱裡。

「謝謝妳，又芸。」他的聲音近在耳邊。

宋大翔的懷抱是如此安穩可靠，卻又讓我感受到他向來不肯輕易流露的脆弱，我的心微微一疼，不禁跟著緊緊抱住他，抱住他不願被人看見的寂寞。

「學長，你喝醉了嗎？」

「我不是說了，我喝啤酒不會醉。」他在我的肩上蹭了蹭。

「那……」我拍拍他的背，「學長，你哭了嗎？」

宋大翔愣了一下，低低的笑聲在他的胸膛震盪，「閉嘴。」

幸好，他笑了。

所以，我也跟著笑了。

或許我們都不是成熟的大人，我們的心裡都有個長不大的孩子。

就像是他，就像是我。

即使這個世界時常令人感到無能爲力，至少我們還能給彼此一個擁抱。

後來，經過朱導的溝通協調，宋嘉玉接受了修改後的劇本，不再堅持己見。後續的拍攝也十分順利，眼看新戲發表會近在眼前，一切水到渠成。

✦

「下來。」接起宋大翔的來電，他劈頭就是這麼一句。

什麼？

我把手機拿離耳邊，看了眼螢幕，確定來電者是他沒錯。

「呃，學長，」我一邊說，一邊回想自己應該沒忘了什麼事才對，「你是不是打錯電話？我不記得跟你有約……」

「溫又芸，給妳三分鐘。」

這語氣夠狠，還連名帶姓叫了我，宋大翔找的確實是我沒錯。

我這人就是慫，迅速和小路交代了手邊的工作，用最快的速度跑下樓，一出門就見葉司辰站在宋大翔的車邊，興奮地朝我揮手。

「溫編，這裡、這裡！」他為我打開副駕駛座的車門。

我依然在狀況外，「葉司辰，你今天沒班嗎？怎麼……」

「先上車再說。」坐在駕駛座上的宋大翔沒讓我把話問完。

這莫非是要被賣掉的節奏？

我糊里糊塗坐上車，葉司辰跟著鑽進後座，宋大翔把我和葉司辰當成小孩，再三囑咐我們繫好安全帶後，車子便在他的操控之下踏上未知的旅途——我的意思是，踏上我不知道目的地的旅途。

「學長，我們到底要去哪裡？」該不會又是哪個不知名的荒郊野外吧？

宋大翔氣定神閒，「下星期五是新戲首映會。」

這我知道啊，但那不是下星期的事嗎？

我一頭霧水，忍不住問了句笨話：「現在就出發，不嫌太早嗎？」

「溫編，妳呆呆的。」葉司辰從後座探出頭，好像小學生要去郊遊一樣開心，「大翔哥要帶我們去試裝啦！」

「試裝？」我更懵了，「你是男主角，試裝理所當然，我一個無足輕重的幕後工作人員試什麼裝？」

「身為一部戲的最大功臣之一，穿得好看一點出現在首映會上，不也挺好的嗎？」宋大翔駛入快車道，愉快地微笑，「當作是去玩吧，又不會少塊肉。」

雖然不會少塊肉，但可能會少很多錢啊，嗚嗚。

宋大翔帶著我們來到一間位於鬧區的品牌服飾店。簡單來說，這就是間我輕易不會踏入的店，店內裝潢走極簡風，前來招呼的老闆優雅華貴，看似是個豪門貴婦，而宋大翔一派自然地與對方有說有笑起來。

我抓著葉司辰的衣角，說有多不自在就有多不自在。

「葉司辰，你不可以拋……」

「范姜律！」葉司辰立刻棄我於不顧。

穿著一身休閒西裝的范姜律從試衣間走出來，見到葉司辰也是一臉欣喜，兩名大男生快快樂樂地上演相見歡，留下孤單的我，感覺自己像是誤闖入了上流社會。

「這位小姐就是溫編劇吧？」貴婦老闆不知何時結束了與宋大翔的談話，笑咪咪地向我問好，「妳好，我是Sophia。」

什麼？咦？

宋大翔跑去哪了？

我愣了兩秒，急忙回禮，「妳好，我是溫又芸。」

「女士試衣間在二樓，我們一起上去吧。」

現在是什麼情況？是要開始試裝了嗎？但是這間店裡的衣服看起來就是非常貴呀，荷包勢必得要大失血了……我腦中胡亂轉著各種念頭，跟在Sophia身後步上階梯，因為太過緊張，不小心走成了同手同腳，還差點踩到她的高跟鞋。

溫又芸，妳自己跌死就算了，傷害一個貴婦妳賠得起嗎妳！

「溫小姐平時喜歡什麼風格的衣服呢？」優雅的Sophia優雅地問我。

我很不優雅地支吾了老半天，「都、都可以。」

所幸儘管得到我這種毫無用處的答覆，優雅的Sophia還是很優雅，臉上也依然盈滿微笑。

「聽大翔說，你們這次要出席的是新戲首映會，既然如此，服裝不需要太華麗，我建議選擇平日也能穿的洋裝就可以了。」Sophia的目光在我身上快速巡視了一圈，「我覺得溫小姐很適合淺色系，要不要試試看呢？」

我要說好嗎？我可以說不嗎？嗯，真的很難拒絕這樣的女人啊。

「麻煩妳了。」我點點頭。

幾分鐘過後，優雅的Sophia不知從哪兒推出了滿滿一桿的洋裝，各種款式應有盡有，在她的指揮之下，我像是一尊任人擺佈的芭比娃娃，不停穿梭在試衣間的布簾裡外。

雖然一開始有些尷尬與不自在，但不得不說，這種麻雀變鳳凰的大改造橋段，其實是我最喜歡的電影情節。每當看著女主角換上一件又一件不同風格的衣裳，從平凡的女孩漸漸變成耀眼的公主，我總是情不自禁地露出微笑……即使是俗不可耐的老梗又如何？

老梗之所以是老梗，就是因爲它夠經典！懂不懂！

「嗯，湖水綠很襯妳的膚色。不錯，列入備選。」Sophia讚許地點頭，挑出另一件白色的民族風洋裝，「最後一件。這件的腰線收得比較高，能將身形比例拉長，效果應該會很好。」

「那我去試試看。」我迫不及待地拿過洋裝，數不清第幾次走入試衣間。

不知道是不是大家都曾有過這種感覺，明明衣服還沒完全穿好，卻已經對鏡子裡的自己滿意得不得了，甚至能聽見某個聲音在腦袋裡大吼：就是這一件了！

就像現在這樣！

「咦？」我對著鏡子皺眉，奇怪，拉鍊怎麼拉不起來？

我反覆試了好幾次，左手拉直衣料，右手向後扯著拉鍊，手拉得都瘦了，拉鍊說不動就是不動，簡直比我還要固執。

「Sophia，可以請妳幫我拉拉鍊嗎？」不得已之下，我一手搭在胸前固定洋裝，一手拉開布簾，並低頭穿上剛剛為了試穿而脫下的鞋子，很快就有人替我拉上拉鍊，「謝謝，我忙了好久都拉不上去。啊——宋大翔！怎麼會是你！」

我抬頭正想端詳鏡子裡的自己，卻看見宋大翔站在我身後，透過鏡子對著我微笑。

我嚇壞了，來不及發出一陣恐怖片女主角必備的驚聲尖叫，便轉身大力拉上布簾，死死抓著開口不放，彷彿宋大翔下一秒就會闖進來對我不利。

等等，我在幹麼？我現在是把宋大翔當成恐怖片裡的殺人狂了嗎？

幾秒鐘後，我悄悄從布簾中探出一顆頭。

宋大翔還沒離開，他仍在不遠處等我。

「冷靜下來了？」他問。

「還沒……我是說，你怎麼會在這裡？」我依然抓著布簾，像小寶寶抓著安心毯，

「Sophia呢？葉司辰呢？你不用去試裝嗎？」

就在這時，宋大翔忽然以一種拔山倒樹之勢向我走來，我再次被嚇得魂飛魄散，立時鬆開緊抓布簾的手，往後退了幾步。

試衣間內的空間說大不大，隨著宋大翔的步步進逼，我一下子便無路可退，背抵著牆

上的鏡子，眼睜睜看著他離我愈來愈近、愈來愈近——

「等、等等，宋大翔，你要幹麼……」

我閉上眼，不敢看了。

宋大翔一把按住我的肩膀，我的腦袋一片空白，耳朵突然被一個小東西堵住，下一秒，我聽見一段以原聲吉他爲伴奏主軸的歌曲。

伴著柔和溫暖的曲調，我緩緩睜開眼，宋大翔離我好近、好近。

「這是？」

「方哲宇剛才傳給我的。」他微微一笑。

也就是說，這是《我和她的男朋友》的主題曲？

這是一首渲染力很強的抒情歌，方哲宇親自演唱DEMO，儘管尚未填上正式歌詞，仍能充分表達出戲裡主角的心情，即使憂傷，也不放棄希望，勇敢面對來自各方的磨難，因爲有個人始終陪在他身旁……

「好聽吧？」

我愣愣點頭，「嗯，很好聽。」

「嗯，妳穿這樣也很好看。」他嘴角一勾，笑容變得有夠壞。

害羞的情緒瞬間直衝腦門，那股熱度幾乎快燒壞我的腦袋，不知哪來的勇氣和力量乍然湧現，我伸手抵住宋大翔結實的胸膛，猛力一推，直接把他推出布簾之外。

趁著他還沒反應過來，我又重新抓住布簾，只露出一顆頭防衛地看著他。

「妳未免也推得太大力了吧！」宋大翔歪了歪臉，低聲抗議。

「誰、誰叫你……」我想駁斥他，卻見他手撫著胸口，也不知是眞疼還是假疼，我馬上心虛地轉移話題，「所以，這首歌決定讓誰來唱了嗎？」

「方哲宇推薦他們公司的歌手。」宋大翔說了一個名字，「不過，我覺得方哲宇的聲線很適合這首歌，若能由他親自演唱，會爲新戲的宣傳帶來不少助益。」

我同意宋大翔的看法，「我也覺得他滿適合的，只是……」

「有什麼問題嗎？」

頂著宋大翔困惑的神色，我猶豫了一會兒，才硬著頭皮小小聲地問：「是不是讓我去邀請他比較好？」

宋大翔頓時沒了表情。

我霎時想起了那日在S台電梯裡的情景，當時的他一點都不希罕我出手相助，甚至認爲我那麼做是瞧不起他。

「你不要誤會！」我放開緊抓布簾的手，急著解釋，「我不是說你請不到方哲宇，我相信你請得到他，絕對可以！我只是覺得我和他比較沒有……你知道，不會有誰欠誰的問題。」

最後那句話，我是用氣音說的。

我並不是不相信宋大翔的能力，而是錄音室那場不歡而散仍歷歷在目，我不希望方哲宇誤會宋大翔又拿人情來壓他。

我緊張得不敢看他，幾乎是閉著氣在等待他的回應。

不知過了多久，我聽見宋大翔輕輕嘆了口氣。

「妳說得沒錯，這麼做的確比較好。」

什麼？他剛剛說什麼？

心裡又驚又喜，我小心翼翼朝宋大翔看去，他也正看著我，臉上帶著一抹無可奈何的笑意。

「我好像沒辦法在妳面前耍帥呢。」

「咦？」我愣住了，不懂他的意思。

「上次帶妳去找方哲宇，是想藉此展現我的人脈，讓妳崇拜我一下，沒想到妳跟他早就認識了，和他的關係比我更親近，最後我還犯蠢，把氣氛搞得很僵。」宋大翔苦笑，搖了搖頭，「不管是以前，還是現在，我在妳面前根本帥不起來。」

才不是呢。

宋大翔並不知道，他不需要刻意耍帥，他的一舉一動在我眼裡就很帥氣迷人了，就算是那段躲著他的時光，宋大翔在我心中也不是醜惡的怪物，而是帥到沒天理的反派大魔王。

只不過……原來，他帶我去找方哲宇是想讓我崇拜他？

這讓我很想笑，偷偷地笑，暗爽地笑。

「你一直都很帥啊！」大概是太開心了，我不小心脫口而出。

「嗯？」宋大翔沒聽清楚，「妳說什麼？」

「我說你……」我一對上他的眼睛，立刻發現他眼裡顯而易見的促狹，「你明明就有聽到……啊！變態！不要進來！走開啦！」

宋大翔作勢闖進布簾，嚇得我差點往他下巴來一記頭槌。

好不容易把宋大翔阻擋在外，他可惡的笑聲依然傳了進來。

「笑、笑屁啊！」我不甘心地往外大喊。

「沒辦法。」宋大翔的聲音遠了一些，「不知道爲什麼，我看著妳就想笑。」

聽聽，這是什麼話？

「你這是在說我長得很可笑？」

宋大翔居然沉默了！他憑什麼沉——

「我是在說，妳長得很可愛。」他帶笑的嗓音穿透布簾。

試衣間裡面的我，眼睜睜看著鏡子裡的自己紅透了整張臉。

「你、你……」我結巴，顧左右而言他，「我要換衣服了，你不要鬧了喔！」

宋大翔應了一聲，應該是有聽進去吧？

要不然我一輩子都不相信他了。

我脫下洋裝、換回自己的衣服，默默感嘆醜小鴨變天鵝的魔法轉瞬消失的同時，放在包包裡的手機螢幕亮了，有人傳了一則訊息給我。

✦

新戲首映會一眨眼就到了。

首映會地點選在知名飯店的五樓宴會廳，我比預定時間早了一個小時抵達。搭乘電梯去到六樓的客房樓層，電梯門一開，已經有個人站在電梯口等我。

那人領著我來到走廊底端的豪華客房，宋嘉玉就坐在窗邊的化妝臺前整理妝髮。

試裝那天所收到的那則訊息，只寫了一句話。

對方表示想和我談一談。

「妳好，嘉玉姊。」

宋嘉玉瞟我一眼，輕抬下巴，示意我入座。

我並不特別緊張，倒不是對於先前修改劇本的爭執已毫不介懷，而是我大概猜得到今天這場會面是爲了什麼，畢竟除了宋大翔，我和宋嘉玉也沒有其他話題好聊了。

待其他人離開後，宋嘉玉放下手拿鏡，淡淡地問：「妳和大翔是男女朋友？」

用這句話作爲開場白，實在是非常單刀直入。

「不是。」我坐直了身體。

「我看你們關係挺好的。」

我有些心慌意亂，「還好。」

「他和妳說了我的事吧？」宋嘉玉似乎不需要我的回應，隨即補了一句，「那就是關係挺好的。他不是那種會把隱私當成談資的人。」

我抿了抿唇，沒有說話。

「那麼，他跟妳說了什麼？」她接著問道。

我猶豫一會兒，斟酌了下用詞，「沒說太多。」

「他說他討厭我？」

「沒有。」我想也不想便澄清，「他說他不討厭妳。」

「我知道他討厭我。」宋嘉玉一臉肯定，「然後呢？他還說了什麼？」

宋大翔還說了什麼？

他說了他的童年，他和宋嘉玉的第一次見面，他被帶離外公外婆家……這些宋嘉玉都知道，包括她讓宋大翔一個人生活。

除此之外，宋大翔並沒有多說什麼。

就在我陷入沉默時，宋嘉玉再次開口：「他難道沒有告訴妳，他有多恨我？因爲我拋棄他十五年，所以即使把他接回來，他還是不願意和我說話？」

「他不恨妳。」

「他恨我。」宋嘉玉對我的話置若罔聞，「否則他不會高中畢業就偷偷搬離我爲他置辦的公寓。」

「我不清楚這些事。」我忍不住皺眉，才和她聊沒幾分鐘，我就覺得好累，「他只說，你們的關係不好。」

「他說的絕對不只這些。」她莫名地篤定。

不得不說，那讓我有點生氣。

如果她一直覺得我在欺騙她、隱瞞她，那我們何必繼續坐在這裡？

「嘉玉姊，妳如果眞的想知道宋大翔和我的談話內容，我可以複述一遍。」我深呼吸，試圖緩和心中的煩躁，「可是，如果妳一味先入爲主地認定某些事，我說再多也沒用，還是妳覺得他會對我說謊？」

我是眞的不明白，宋嘉玉到底想從我口中聽到什麼？她性格固執，對宋大翔早已心存定見，不管旁人怎麼說，都無法改變她的想法。這對母子之間的關係僵硬至此，兩方都必須負上責任，而且不是我偏心，宋嘉玉必須擔負的責任顯然更大。

「與其追究宋大翔到底恨不恨妳，妳不覺得該先問問自己是不是做錯了什麼嗎？」

「我知道我陪伴他的時間不多，但我別無選擇。」宋嘉玉的態度很平靜，或者該說，非常理所當然，「那孩子出生後沒多久，我就接下了《溫婉玉》。溫編劇，妳應該明白，那是個很好的機會，我不能放棄。再說，我努力工作，不也是爲了給他更好的生活嗎？」

我、我、我、我、我……宋嘉玉通篇話裡都是「我」怎樣怎樣，倘若她是想讓我理解她的苦衷，那她做得很失敗，因爲我聽得滿肚子火。

「在那之後呢？」我按捺住情緒，「妳把他接回來，不也沒和他一起生活嗎？」

「我都在外地工作，他總不能因爲我接一齣戲就轉一次學吧？」

「重點不在這裡！」我揉揉眉間，不懂她爲何抓不到問題的核心，「妳打過電話給他嗎？妳問過他在學校過得怎麼樣嗎？妳曾經關心他吃飽沒、睡得好不好嗎？只是給錢而已，不是媽媽也做得到！」

「妳以爲我什麼都沒做？」宋嘉玉終於被我惹火了，「我跟他說話，他從來不答理，妳不是媽媽，妳不知道那有多讓人心痛！」

「妳在他的人生缺席了多久，他就要花多長的時間去適應妳的出現，更別說妳的出現又一次打亂了他的人生。」我清楚看見宋嘉玉臉上浮現憤怒與不滿，「妳也曾經是小孩，妳爲什麼就不能理解他有多難過？」

「就算我因爲工作疏於關心他好了，我沒讓他挨餓受凍，給他自由，要什麼有什麼，他難道不能站在我的角度想一想？」宋嘉玉撇過頭，好像她的委屈都是宋大翔造成的，「都是大人了，爲什麼不能像個大人一樣思考？」

突然間，一股想哭的衝動湧了上來。

「嘉玉姊，妳眞的知道妳在說什麼嗎？」

因爲是大人，就必須忘記童年遭遇的痛苦？因爲是大人，所以必須事事理性？因爲是大人，就得學會不計前嫌？如果眞是如此，那我寧願不要長大！

「妳有沒有想過，這個世界上有這麼多工作，爲什麼宋大翔偏偏選擇成爲經紀人？」我忍住哽咽盯著宋嘉玉看，「我不曉得有沒有一部分的理由是因爲妳，但也許最大的原因，是他渴望被需要，所以他才會投身一份總是在照顧人的工作；他想要愛，卻沒有足夠的安全感僅守著一份愛，所以他成了別人口中的花花公子。他之所以那麼努力，是希望他的家人可以因爲他得了第一名，在他回家之後給他一個擁抱……」

其實我根本不知道自己在說什麼。

對，我身爲編劇的職業病發作了，一切都是我妄自揣測，但我相信一個人的所作所爲都有其來由，我沒辦法忍受宋嘉玉將所有的過錯都推到宋大翔身上，認定他就是個長不大、學不會成熟的人！

「妳若只想著要卸責，就不要怪別人討厭妳，身爲一個母親，不管事業與生活再忙碌，有太多太多的事是妳能爲孩子做，而妳卻始終沒有做到的。」我竭力穩住顫抖的嗓音，「像妳這樣不懂得愛、甚至不懂得反省的母親，有什麼資格要孩子愛妳？」

宋嘉玉默不作聲，像是被我反駁得再也無話可說，然而，我卻絲毫沒有一點點勝利的快感。

我往後退了一步，選擇在眼淚即將奪眶而出的前一刻，掉頭離去。

她怎麼可以那麼想？她怎麼可以說那種話？

出了房間，我愈走愈快，最後甚至不顧腳上的高跟鞋跑了起來，奔向樓下的首映會會場。

宋嘉玉根本什麼都不懂！

衝出樓梯間的剎那，來不及注意左右，我直接和來人撞個滿懷。

「又芸？」

宋大翔接住我，眼裡寫滿了驚訝。
而我卻好想、好想緊緊抱住他。

Chapter 9

「又芸，發生什麼事了嗎？」

「沒、沒事。」我慌亂地推開宋大翔，急著離開他的懷抱，「我只是……」

他挑眉，等待後續，「嗯？」

「我……」我不敢對上他的眼睛，只好隨口胡謅，「跑錯樓層，以爲自己迷路了。」

宋大翔一愣，隨即笑了出來。

「慌慌張張的，我還以爲妳怎麼了。」他鬆了口氣，伸手摸摸我的頭頂，「怎麼？不曉得會場在哪，不會打個電話給我嗎？」

換作是平時，我的臉一定紅得像煮熟的蝦子，還會羞窘得想鑽進地洞，但此刻的我，沉浸在說謊的罪惡感裡，根本沒有餘力胡思亂想。

宋嘉玉私下聯繫我、並約見面的事，我沒有和宋大翔提起。

之所以瞞著他，是因爲我認爲自己不該介入他們母子之間，我不想讓宋大翔再次認爲我又自以爲是地擅自插手他的事，可是當宋嘉玉找上我……不對，也許在宋大翔對我坦白宋嘉玉是他母親那時，我就已經深陷其中了。

「怎麼了？」見我盯著他不放，宋大翔覺得有點奇怪、有點好笑，「我臉上沾到了髒東西嗎？幹麼一直看我又不說話？」

才不是那樣！天知道我有多想跟宋大翔說：你說對了，你媽眞的很過分，我們和她切八段，不要跟她好了！

我幾乎就要說出口了。

可是，我還是沒說。

「妳穿這件洋裝很好看。」忽地，宋大翔微笑看著我，「很適合妳。」

他在說什……對了，洋裝！

沒錯，我身上這件白色洋裝就是那天在Sophia店裡試穿的洋裝。今天早上當我煩惱要穿什麼時，快遞摁下了門鈴，送來這個禮物——宋大翔送我的禮物。

一個男人送一個女人衣服是什麼意思？而一個女人願意穿一個男人送她的衣服又是什麼意思？當時我在鏡子前面猶豫了一下，還是決定穿著這件洋裝出席，告訴自己不要想太多。

只不過，當宋大翔站在我的面前，一切頓時變得不一樣了，我怎麼可能不想太多？我內心就要被許多想法轟得大爆炸了！

「嗯，那個，謝謝。」我的臉好燙，尤其宋大翔用那種可以溺死人的眼神望著我時，我連一句話都說不好，「我、我給你錢好不好？」

「時間差不多了，我們進去吧？」宋大翔當作沒聽見。

「不是，我還是覺得……」話還沒說完，我就突然失去了說話的能力。

宋大翔竟牽起我的手，拉著我往會場走去。

首映會現場十分熱鬧，各家娛樂記者齊聚一堂，相關人士三五成群各自閒聊，我們很快瞥見張總監和朱導正站在座位區旁邊愉快地交談。

趕在最後一刻甩開宋大翔的手，張總監恰巧轉頭看向我們。

「哎喲，這不是大翔和溫編劇嗎？」紅光滿面的張總監熱切地招呼我們，「溫編劇穿得眞漂亮！平時沒怎麼注意，今天這麼一看，妳和大翔還挺登對的嘛！」

「沒有啦，我們、我們……」我支吾了老半天，擠不出一句適用於這種場合的客套話。

「張總監、朱導，恭喜，終於迎來首映日了。」相較於我的慌張，宋大翔直接略過了張總監的玩笑，「溫編劇也是，恭喜了。」

不愧是宋大翔，居然若無其事就把這話揭過去了，我對他圓滑高明的社交手腕心服口服。

「大翔，也要恭喜你啊！要不是你牽線找來溫編劇合作，我們今天也不會站在這裡，你說是不是？這是我們共同的成果，大家都値得恭喜！」張總監哈哈大笑，看來是眞的很開心。

「是啊，多虧了大家的努力，不是我自誇，待會你們看到片花一定會嚇一跳。」朱導的得意溢於言表，「我敢保證，這部戲一定會中。」

「很好！就是要有這種自信！」張總監笑呵呵地伸臂搭著朱導的肩膀，「昨天晚上，我們台內幾個主管一起看了第一集，每個人都覺得太好看了！老朱，收視率要是破三，之後你的戲要爭取預算就是小菜一碟。對了，大翔，我跟你說啊……」

我常常覺得，首映會就像是成果發表會一樣的存在。

雖然實際上的拍攝進度連一半都不到，相關人員都心知肚明還有一段辛苦的拍攝期得熬，但我們還是覺得非常開心，因爲這齣戲即將要上映了。

外人或許不明白，我和劇組的每一份子追求的從來不是高額的報酬，也不是此刻的光鮮亮麗，而是盡情發揮所長，將作品完美呈現給觀眾。

看著眾人臉上的笑容，我漸漸將適才的難受拋到腦後。

過沒多久，首映會即將開始，受邀來賓陸續就座，我和統籌、副導、企畫坐在一起，宋大翔則去到休息室探看葉司辰的情況。

舞臺上方的燈光微微轉暗，巨幅投影螢幕展示了充滿憂鬱青春氛圍的主視覺海報，方哲宇演唱的主題曲在場內響起，我告訴自己沒什麼好緊張的，卻還是忍不住心跳加快。

「各位媒體朋友大家好！歡迎來到S台週日偶像劇《我和她的男朋友》首映會現場，我是今天的主持人Anson。」戴著紅色領結的主持人跳上舞臺，笑容滿面地開場，「想必各位一定和我一樣期待看到這部題材嶄新的話題大作。在播映之前，容我先說明一下今天的流程——」

Anson簡明扼要地敘述完流程後，接著介紹電視台長官、贊助廠商，然後是導演、總監和製作人，順著下來就是……

「歡迎溫又芸，溫編劇。」

聽見我的名字，我隨即起身，微笑揮揮手。

「哇，溫編劇好漂亮、好年輕喔，不愧是近年來創造出極高收視率的當紅編劇。」主持人眞是擅長亂套因果關係的朋友呢。我維持笑容坐下，看著主持人一個個地點名，無論是幕前還是幕後人員，都同享這一刻的榮耀。

「終於來到各位最期待的時刻，讓我們歡迎《我和她的男朋友》演員群！」隨著主持人的唱名，演員從後台一一出場，掌聲此起彼落，「女主角彭萱，以及備受矚目、令人心兒怦怦跳的雙男主，范姜律、葉司辰！」

范姜律和葉司辰同步登上舞臺，大概是一起試裝的緣故，兩人在服裝搭配上相互輝映，CP感直線飆升，尤其是他倆站定後的相視一笑，引起台下出現一陣不小的騷動，讓親媽我忍不住嘴角上揚，心中倍感虛榮。

「還沒結束喔，各位請繼續張大你們的眼睛，用最熱烈的掌聲加尖叫，歡迎本世紀最美麗迷人的影后，宋嘉玉！」

有時候，我覺得上帝眞是不公平。

有些人就是天生不凡，面前自帶大型風扇，頭上還有強力聚光燈，隨時隨地都能走路有風、閃閃動人……而最不公平的是你還會心甘情願奉他們爲神。

舞臺上的宋嘉玉就是一名女神。

我心情複雜地望著台上拍手。

「各位現場的媒體記者朋友，重頭戲來了。」待演員入座坐定，Anson壓低了聲音，

「幸運的你們現在就能搶先觀賞朱導掛保證、萬眾矚目、聽說精彩得不要不要、今年最正面直接的同性青春戀曲《我和她的男朋友》獨家片花！」

燈光熄滅，熱鬧的會場安靜下來。

影像在投影螢幕上開始流動，校園一隅的風光呈現在觀眾眼前，風聲鳥鳴，陽光明媚，人來人往的學生盡是模糊的背影，鏡頭的遠端，一道清晰的身影愈走愈近。就在快要可以看清來人的面容時，畫面倏忽全黑。

「沒人想選擇困難的道路，為了走到你的身邊，我義無反顧。」

溫柔的男聲獨白為影片揭開了序幕。

廣場樓梯的初次相遇，教室裡的訊息來往，游泳池畔的曖昧互動，KTV裡那一首不知唱給誰聽的情歌……魏海一次比一次明顯的心意，終究動搖了石政雨的內心。

然而，石政雨迎來的不是愛情來臨的甜蜜，而是友情與親情的雙重考驗。

「石政雨，我告訴你，這叫背叛！你不只搶了我的男朋友，你還害我失去了我這輩子最好的朋友！」

那個雨夜，從小到大的好友哭著賞了他一巴掌。

「政雨！聽媽媽的，一次就好，我們進去聽一次就好……」

那日早晨，他的媽媽認為他的性向是必須治療的疾病。

「是不是我喜歡男生，我就不再是妳兒子了？」

他紅著眼眶，忍住心碎的痛苦得到答案。

「對不起，我眞的喜歡他……」

淋著冰冷的雨，他流著眼淚對自己承認。

所有的情感衝突一幕幕閃現，最後回到最初的畫面，雨水回到了天空，陽光趕跑了雲朵，相遇重回原點，在擦肩而過的瞬間，他們依然回過了頭……

「喜歡很簡單，爲什麼愛會變複雜？你快樂了我也跟著微笑，那就是幸福。」

石政雨堅定而溫柔的嗓音爲影片畫下美好的句點。

會場燈光一盞盞點亮，投影停留在視覺海報的畫面，不少人急著和鄰座借面紙，場內一度只剩下擤鼻涕的聲音，爲了讓大家有足夠的時間緩和情緒，Anson在台上插科打諢講了不少冷笑話。

默默抹去眼角的淚水，我的手微微顫抖。

朱導說得對，這部戲眞的好棒，劇組所有人員的努力都沒有白費。

雖然我總是告訴自己不要在意別人的評價，但親眼目睹觀眾因劇情而動容，這種直接的反饋來得太強烈，我有些忍不住食髓知味。

我抬起頭，遠遠迎上宋大翔的注視。

他站在舞臺旁邊，對我露出了讚許的微笑，害得我又哭又笑，不知道該做什麼表情才好。

「好了、好了，不哭不哭眼淚是珍珠，我們要開始進行演員訪問了，還在哭的人待會不准問問題喔。來！掌聲歡迎主要演員上台！」

舞臺設置了長桌座位，宋嘉玉坐在中間，年輕演員分坐兩側，各家記者聚集至前排，攝影機在舞臺前方一字排開，陣勢頗爲驚人。

鎂光燈不停閃爍，媒體發問踴躍，談起拍攝趣事，全場一起哄堂大笑。

「這是我第一次演戲。」葉司辰聽了記者對他演技的稱讚，不好意思地搔了搔後腦，「一開始當然很緊張，什麼都記不得了，導演還要教我怎麼走路，很感激劇組對我的容忍，范姜律也幫助我很多。」

現場響起一陣曖昧的笑聲，范姜律十分配合地摟住葉司辰的肩膀。

「你認爲你和石政雨有相似的地方嗎？」

「很多耶。不曉得是不是入戲太深，我常常覺得石政雨就是我，他的反應和我很像。」葉司辰靦腆一笑，和一旁的范姜律對看一眼，「而且，我很喜歡和范姜律討論劇情，例如爲什麼會發生這種事啊、那個人爲什麼要這麼做之類的，很有趣、很好玩。」

范姜律點頭，「嗯，因爲除了劇本，我們也只剩便當菜色好聊了。」

演員在片花的精采表現勾起了媒體的興趣，首次演出即擔綱主角的葉司辰吸引了一票記者的目光，他和范姜律的好交情也爲訪談增添不少笑料。

回想最初，我還覺得他根本不可能做得到。

沒想到是我錯了，葉司辰不僅做得好，他還做得非常好。

他一定會紅的，就像宋大翔深信的那樣。

「嘉玉姊，雖然這是一部難得一見的話題偶像劇，但大家都滿驚訝您竟然會接演，畢竟您很久沒回小螢幕了，能否問一下嘉玉姊演出後的感想？」

聽見記者提問的對象換成了宋嘉玉，我不自覺屏住氣息。劇本修改的爭執、剛才在休息室裡我不客氣的指責……如果她願意，現在是個很適合爆料的場合。

宋嘉玉依然維持優雅微笑，好似那些不開心從未發生。

「當初答應接演，就是因爲收到了很好的提案。」她看了一眼坐在她左右的演員，「實際加入演出後，和這群年輕演員共事，我也覺得自己的心態年輕許多。」

「拍攝期間有發生什麼有趣的事嗎？」

她笑了笑，「參加演出、和年輕演員合作本身就是件有趣的事，工作人員也很照顧我，過程很愉快。」

顯然我的擔心是多餘的。

宋嘉玉畢竟是宋嘉玉，熟知媒體生態的她不耍大牌，和記者一來一往、有問有答，即使是全場關注的焦點，仍不忘適時將話題拋給其他演員，訪談氣氛十分融洽。

「嘉玉姊，這次您飾演的是一名觀念傳統的家庭主婦，不能接受自己的兒子是同性戀，不曉得嘉玉姊本身對此的想法又是什麼呢？」

「只要找到能夠彼此相伴的對象，性別並不是問題。」

「那妳對於……」

「可是，」宋嘉玉抬手，示意記者讓她把話說完，「我認爲孩子也必須給家長一些時間，你們覺得理所當然的觀念，對家長來說，可能是顛覆世界的天大改變。」

沒料到宋嘉玉突然變得嚴肅，現場氣氛有瞬間凝滯。

我坐直了身子緊盯著她。

「和我差不多年紀的人，想法或許比較守舊，我們會做錯事，也可能不太懂得反省自己，如果可以的話，請多給我們一點時間，跟我們說說你們在想什麼，我們可能不會馬上接受，一開始反應也會比較激烈，但一次、兩次、三次……總有一天，雙方都能漸漸理解彼此。」宋嘉玉說完，似乎意識到氣氛的轉變，她調整過語氣，帶著笑容重新開口，「這是我在《我和她的男朋友》裡學到的事，年輕朋友們不妨邀請爸媽一起收看，相信會有不同的收穫。」

「哇，嘉玉姊說的眞好。」

「我好感動喔，眼淚又跑出來了。」

不知爲何，我覺得宋嘉玉這席話是對我的回應。

剛才……我是不是太激動了？

台上的訪問依然持續著，我放鬆身子靠回椅背上，思緒有些混亂，當然，我不認爲自己有說錯什麼，只是……

我看向站在舞臺邊的宋大翔，他雙手環胸，專注聆聽整場訪問，他一定也聽見了宋嘉玉的回答。

聽見這些，他又是怎麼想的呢？

「往後若是有合適的劇本，我不排斥演出更多的電視劇……」

一記突兀的手機鈴聲打斷了宋嘉玉的發言。

然後是第二記、第三記，一記又一記的手機鈴聲接連響起，這個情況很不對勁。

記者們互相交換過有些遲疑的眼神，隨即不顧禮貌，紛紛接起手機，將一眾演員尷尬地晾在台上。

從沒碰過這麼奇怪的情況，我莫名有種不祥的預感。

「溫編劇在哪裡？」一個記者冷不防高喊。

「溫編劇人呢？」

「找一下溫編劇好不好？」

前排的記者迅速站起身大聲嚷嚷，四處東張西望，甚至還有人直接站上椅子，以犀利的目光搜巡全場。

我不知所措地坐在原位，眸光一晃，隨即和某個記者對上了眼。

「在那裡！」

那一刻，好幾個記者同時指向我，並招呼搭檔扛著攝影機朝我狂奔而來。

「溫編劇！有人指控妳抄襲他的作品！」

「聽說這部戲並非出自原創，這是眞的嗎？」

「麻煩說明一下！」

等等，他們在說什麼？

抄襲？我抄襲誰了？誰說我抄襲？

身旁的劇組人員比我先一步回神，趕忙要拉我離開，但四面八方堵過來的麥克風攔下了我，我下意識後退幾步，撞上冰冷的牆壁。

「溫編劇！」

「溫編劇，請回答我們的問題！」

「溫編劇……」

「我、我……」我到底該說什麼才好？

我根本不清楚發生了什麼事，我應該怎麼反應？

就在這時，一道熟悉的身影擋在我的身前。

宋大翔再一次挺身而出，替我擋住了那些迎面而來的攻擊。

✦

短短幾小時之內，報導鋪天蓋地席捲各個大小媒體，每一則有關《我和她的男朋友》的新聞都提到了剽竊指控。新戲上映在即，S台的公關部門全面出動滅火，張總監安慰我，換個角度想，這會是個很好的宣傳。

「妳真的沒有抄襲吧？」

然而，張總監離開會議室之前，卻問了我這麼一句。

「要開始了、要開始了！」方菲手拿啤酒從廚房跑出來，「路士懷！你是吃壞肚子、還是便祕啊？九點五十九分了！快點出來！」

電視鎖定在S台，晚間十點一到，《我和她的男朋友》準時播映。

片頭曲響起，方菲遞給我一罐啤酒，順便把桌上的鹽酥雞紙袋撕開，廁所傳出沖水聲，小路摸著肚子慢慢踱進客廳。

「齁，早知道就不要吃麻辣……」

「閉嘴！」方菲一記眼刀掃去，遏止他把話說完。

編劇　溫又芸

螢幕右下方跑過我的名字，我默默用竹籤叉起一塊炸雞往嘴裡塞。

我們本來沒有約好要一起看播出的。

背靠沙發椅腳，我坐在地上，被小路和方菲夾在中間，左小路、右方菲，他們顯然很害怕我崩潰，就連看個電視都擺出那麼保護我的陣勢。

昨天新聞露出以後，我的社群網頁、通訊軟體湧進成千上萬的訊息，幾乎被癱瘓。比起上次林總監發文責罵的小打小鬧，這次引起的騷動根本是天差地別，全世界只有方菲和小路義無反顧地相信我，甚至擔心我陷入低潮，不約而同選在下班後來到我家。

直到現在，他們依然什麼都沒有問。

「噯，魏海很帥耶。」方菲喝了口啤酒，雙眼緊盯著電視螢幕，「被這種人撩，誰不會淪陷啊？」

「我受不了了，那個蘇予霓是瘋婆子嗎？她聽不懂人話耶！」小路嚼著魷魚，氣得大翻白眼，「報告幹麼不自己做？沒手沒腳沒腦袋嗎？氣死人了，就是有這種公主病末期患者！」

隨著劇情的進展，方菲和小路愈來愈投入其中。

「哈哈哈，石政雨是北七喔！」

「我跟你打賭，魏海切開來一定是黑的。」

「齁，我不要再看蘇瘋婆了啦，她戲分很多耶！」

「太會了！魏海真的太會了！石政雨心花朵朵開。」

耳邊不時傳來方菲和小路對於劇情的討論，他們時而大笑，時而破口大罵，時而被魏海撩得少女心大爆發，他們早就忘記了我的存在。

而我根本無心看戲，我一邊吃鹽酥雞，一邊滑手機。

「滿好看的啊……可惜是抄襲（笑）」

「拒看無恥編劇的作品。」

「魏海好帥，石政雨好可愛。啊，可惜是抄的。」

「明明是抄襲還敢播！丟不丟臉啊？」

「到底哪段是抄的？全部嗎？」

「好笑，無腦偶像劇還需要抄？」

「溫編粉轉黑，對她很失望。」

「難得看到這麼有趣的作品，沒想到……」

「溫又芸，妳在看什麼？」方菲一把搶走我手上的手機，低頭看了起來，愈看臉色愈是難看。

我囁嚅著想要解釋，「沒什麼啦，只是……」

「幹麼看這種沒營養的東西啊？」方菲把手機丟給小路，故意不還給我，「這些酸民知道個屁！不要看就好啦，妳幹麼自找罪受？」

「我只是……」我只是想知道他們是怎麼說我的。

「這些人未免也太差勁了吧？明明都是未經證實的謠言，憑什麼在網路上說三道四！靠，滾你媽啦，滾出台灣是你在講的喔？」

「路士懷不准看了！」方菲大吼，制止小路念出網路評論。

廣告正好結束，方哲宇的歌聲響起，帶出第一集最後一個段落。

魏海溜進石政雨的通識課，本以為神不知鬼不覺，卻沒想到石政雨竟在同一時間傳訊息給他，忘了關掉提示鈴聲的魏海猝不及防，立刻引起全班的側目。

這個橋段明明很好笑，我們三個人卻連嘴角也沒牽動一下，直到片尾曲播畢，屋內陷入一片沉默，誰也沒開口說話。

我低頭凝視自己的手指，彷彿只剩下這件事可以做。

「妳還好嗎？」最後是方菲先出聲。

她擔憂的口吻讓我好不習慣，好像我會突然崩潰大哭似的。

我不喜歡她這樣。

於是，我深吸了口氣，微笑迎上方菲的視線。

「我？我很好啊。」我笑得嘴角抽疼，「幹麼？我看起來不好嗎？」

方菲一愣，表情頓時充滿慍色，「溫又芸，妳現在是在跟我開玩笑嗎？」

「我沒有跟妳開玩笑啊。」我保持微笑，即使方菲滿臉怒氣，我還是不爲所動，「哎喲，我跟妳說了，我只是看好玩的，我才不會在意那些酸民說什麼。」

「如果不在意幹麼看！」方菲氣得打斷我的話，不敢置信地瞪著我，「妳還想騙我？妳知不知道妳剛才的臉色有多難看？」

「我……我沒表情的時候，本來就長那樣啊。」我還在打哈哈，見方菲爲我氣紅了臉，我的眼眶也跟著發熱，「相信我，我眞的沒事，方菲妳是不是喝醉了？幹麼那麼生氣？」

「妳問那什麼屁話！」方菲大力丟下啤酒罐，飛濺的酒液灑了一地，她朝我破口大罵，「我幹麼那麼生氣？因爲妳他媽是我朋友！妳知不知道我現在很想揍妳！溫又芸妳他媽幹麼在我面前裝笑臉？路士懷你放開我！」

小路在方菲丟下啤酒罐那一剎那，就機警地跳起來拉住她，「方菲姊，妳冷靜一點！」

甩開小路的手，方菲貼到我面前，近得我能清楚看見她泛紅的眼睛。

「溫又芸，妳給我用點腦子，我們認識多久了？我們是什麼交情？妳有什麼委屈不能直接說出來？發生這種事，我知道妳一定很難受，妳看是要哭還是要罵，我們都在這裡陪妳。爲什麼要假裝一點事都沒有？難道我這麼不值得妳依靠？」

方菲快哭了，淚水在眼眶裡打轉。

她和小路是眞的在爲我擔心。

但我不能哭，不可以在他們面前哭。

「我知道你們很擔心我，但我沒事的，眞的。」我的笑好僵、好假，可我不得不笑，「人家不是都說，清者自清，在意也沒有用。」

「溫又芸！」方菲氣急敗壞地喊了聲。

我再次揚起笑，「本來就是嘛，在意也沒用啊。」

「所以，我是白痴嗎？也是，當事人都不在乎了，我一個路人有什麼好激動的？」方菲紅著眼睛瞪我，冷笑一聲，「很好。路士懷，我們走了，不要在這裡被當傻瓜。」

眼看方菲抓起沙發上的包包就要走人，小路慌張地來回看著我和她，沒過幾秒，他低下頭，跟在方菲身後離開我家。

玄關大門砰地一聲關上，只剩我一個人的家變得好安靜。

我還是沒有哭。

坐在冰冷的地板上，我機械式地吃著冷掉的鹽酥雞。

凌晨十二點的電視台正在重播某個綜藝節目，藝人嘻嘻哈哈的笑鬧一句都沒能聽進耳裡，方菲既憤怒又失望的神情不斷浮現在我的眼前。

八年。我和方菲認識八年了。

打從同時搬進大學宿舍的那一天起，她就是我的好室友、好同學、好朋友，經歷過大大小小的報告，各種狗屁倒灶的煩心事後，我們親密無間地要好了四年都沒拆夥。

她被人劈腿失戀，我陪她在太陽底下曬臭好幾盒雞蛋，儘管她後來還是心軟，沒有砸到渣男頭上；我被教授惡意刁難，她躲在門外錄音，隔天氣勢萬鈞地找主任投訴；畢業公演遇上有人挑撥離間，我和她第一時間就當面講開，感情好上加好……

如今，我卻讓她傷心地離開。

雨聲淅瀝落下，我維持同樣的姿勢木然不動，一心盼望她已經平安到家。

天際響起一陣雷鳴，半大不大的雨勢維持了好一陣子，好幾個記者傳訊息過來想採訪我，我一概不讀不回。

其實我不是不在乎那些人言可畏，我也不相信什麼清者自清，我只是不想讓方菲和小路為我操心。對於網路上的言論，我知道他們比我還憤怒、罵得比我還凶，他們那麼挺我，我憑什麼沮喪？我怎麼可以在他們面前表現出難過的樣子？

我明白自己也許可以有更好的作法，但我真的不願意再把自己的負面情緒加諸在朋友身上了。

我不可以哭，我一定要好好的。

手機響了。

看清來電顯示的那一刻，我的心頭猛然一酸。

同樣的來電號碼，第一通我沒有接，第二通我還是沒接。

怔怔望著不斷震動的手機，趕在手機靜止之前，我總算接起了第三通來電。

「又芸，妳在家嗎？」宋大翔低低的嗓音傳來。

當我聽見他的聲音，那股被強制壓抑的悲傷彷彿找到了宣洩的出口，眼淚就這麼輕易地掉了出來。

我用力抓著手機，好不容易才擠出一個字，「嗯。」

「睡了？」

「還沒。」我回得簡短，不想讓他發現我在哭。

「妳有看第一集的播出嗎？」

明知他看不見，我還是點了點頭，「嗯。」

「如何？好看嗎？」

我一頓，終究藏不住哽咽，「當然，好看死了……」

「網路上的評價呢？」

「被罵慘了。」

「不甘心嗎？」

「廢話。」我抹掉眼淚，對著話筒低聲問：「宋大翔，你到底想說什麼？」

「如果我告訴妳，指控妳抄襲的幕後主使就是樹人，他們針對的是我，妳只是被我連累，」宋大翔的語調沉了下來，「妳會不會討厭我？」

我的腦袋空白了三秒，有一瞬間不明白宋大翔所說的話。

「你在開玩笑？」

「我沒有。這是公司同事私底下告訴我的，我……」

夠了，我聽不下去了。

「你在哪裡？」我問，心口一股惱怒醞釀著。

「什麼？」

我更急了，「我問你在哪裡？」

宋大翔沉默不語，只有呼吸聲透露他還在線上。

我管不了那麼多了。

伸手抓了茶几上的鑰匙錢包，不顧現在時間是凌晨一點，也不管外頭是不是下著傾盆大雨，就連鞋子都來不及穿好，直接就要往門外衝去。

就算宋大翔人在月球，我也要立刻見到他！

「……宋大翔？」

打開門，宋大翔竟然就在我家門前。

這一刻，世界彷彿暫停了運轉，宋大翔的頭髮都濕了，襯衫的顏色也被雨水染深，我不敢置信地望著他，直到看見一滴懸在髮尾的水珠落下，我才猛地回神。

我在發抖，氣得發抖，「你開什麼玩笑？」

即使眼淚模糊了視線，我還是能看見宋大翔臉上滿是愧疚。

「這個子虛烏有的指控，是樹人早就安排好要在首映會爆出來的，我……」

「我不是說那個！我是說你開什麼玩笑！」明知道自己哭得有多醜，我仍然堅持迎上他的視線，「那不是你的錯啊！都是他媽的小鼻子小眼睛的樹人的錯！我爲什麼要討厭你！我幹麼討厭你！宋大翔，你就那麼不相信我嗎？」

比起他人的誤解和誣賴，宋大翔這番話反而輕易點燃了我的引線，讓我爆炸。

我用盡全力瞪他，想讓他知道我有多火大，但我發現我只是愈哭愈慘，連鼻涕都流出來了。

我用手背抹掉淚水和鼻涕，覺得憤怒在心底炸出了大洞。

氣死我了，他怎麼可以說這種話！

「又芸。」

「不要碰我！」我氣沖沖地閃開宋大翔的碰觸。

「如果不是我，妳就不會遇到這種事。」

「你還說！」我衝著他大喊，「你再說一次試試看！」

「當初我就不應該把妳扯進來，我自己的公司是什麼德性我很明白，要不是我過分自信，以爲能夠和公司對抗，也不會害得妳……」

宋大翔仍然堅持自己的想法，他認爲一切都是他的責任，他是罪魁禍首，而我應該要討厭他，因爲他連累了我……

這是什麼鬼邏輯？我氣得撲過去，把他壓在牆壁上。

「宋大翔你搞清楚！你根本沒那麼偉大！」我扯著他的衣領飆罵，「我已經不是那個一見到你就開心得整天吃不下飯的高中女生，與你合作也是我自己做下的決定，沒人逼我，更沒人在我的咖啡裡下藥。我做下的決定所造成的後果，我會自己承擔，我沒瞎，腦子也還能運作，我很清楚該氣的對象是誰！」

爲什麼總是覺得別人需要保護？

爲什麼總是要把責任扛在自己肩上？

爲什麼不相信有人願意陪在他的身邊！

「不要以爲我以前高中暗戀過你就了不起！你見到我被棒球砸成腦震盪也不關心我，現在不過就是關係好一點點而已，你憑什麼要我討厭你就討厭你？我喜歡你不行嗎！」

直到看見宋大翔臉上浮現驚訝的神情，我才意識到自己說了什麼。

「又芸……」

我像是被燙到似的放開他的衣領，往後退了好幾步。

Chapter 10

我記不太清楚昨夜是怎麼度過的。

宋大翔聽見我的告白，看起來比發現我是外星人還要驚訝。

別說他了，就連我也被自己嚇壞了，不敢看他的反應，更不敢聽他的答覆，我俗辣地三兩步退回家裡，頂著他錯愕的目光關上大門。

然後，就沒有然後了。

「我沒事，也希望妳沒事。」

隔天早上，方菲收到我的道歉後，傳來了訊息。

我立即回傳一個笑臉，還有一大堆愛心。

接著，我不自覺看向通訊錄裡「宋大翔」那一欄，猶豫了好久，最後還是默默嘆了口氣，什麼也沒做。

我重整心情，點開臉書上那篇長達兩千多字的貼文，對方在文中指控我抄襲。

根據指控者所言，我是在兩年前擔任劇本創作大賽評審時，看過他的參賽作品《台北霓虹》，因此懷疑《我和她的男朋友》剽竊了他的設定。

目前該則貼文的留言數已經超過千則，支持的有之，質疑的有之，還有許多拉著椅子過來看好戲的路人。

撇開這件事究竟是不是樹人在背後搞鬼，《我和她的男朋友》的人物設定、劇情簡介早在一個月前便在官方網站公諸於眾，反觀《台北霓虹》劇本因當年並未獲選，網路上根本找不到完整內容可供對照。

就目前所能得到的資訊來看，這是非常站不住腳的指控，但只要有心人士想要利用，便能操作輿論風向，以《台北霓虹》尚未開拍，不便公開完整內容爲由，繼續毫無憑據地自說自話。

「這樣豈不是話都給他們說就好，我們根本輸定了？」聽完我的分析，小路仰躺在工作室的沙發上，死死地盯著天花板，他接了一整天的電話，聲音都快啞了。

「倒也不是這麼說……」

「溫編妳有辦法嗎？幹麼不早說啊！」小路立刻坐起身，雙眼發光。

「我哪有什麼辦法？唯一的辦法就是告上法院，逼他們把完整劇本交出來，交由法官評斷。」我無奈地嘆了口氣，「但是在證明我的清白之前，《我和她的男朋友》這齣戲就會先完蛋了吧。」

沒錯，這就是樹人的目的。

若是我什麼都不做，任憑事情順其自然發展，我百分之百不會收到對方寄來的法院傳票，因爲樹人要的不是我身敗名裂，而是《我和她的男朋友》一敗塗地，讓葉司辰絕無可能一夕爆紅，徹底搞垮宋大翔。

「那我們到底該怎麼辦？總不能就這樣坐以待斃啊！」小路著急跺腳，拚命想要找出一條生路，「溫編，妳記不記得那部台北什麼鬼的內容？眞的和我們的新戲很像嗎？」

「如果很像的話，當初我就會讓它得獎了吧……唉，開玩笑的。」收到小路的白眼，我識相地轉回話題，「噯，你又不是不知道當評審有多累，我怎麼可能記得每一部作品的內容？不過，《台北霓虹》好像也是以同志爲題。」

「啊！這樣不是更糟糕！」小路一副天要亡他的震驚臉。

「所以他們才會拿這部作品來攻擊我啊。」我淡淡地撇了撇嘴角，眼看小路又氣得要跳起來，我馬上分派任務給他，藉此轉移他的注意力，「路士懷，你沒事就來幫我找人。」

小路瞟了我一眼，「找誰？」

「《台北霓虹》的作者。」

「找他幹麼？放火燒他家？這是方菲姊的專長啊。」小路走到我身邊，彎身看向我筆電螢幕上的臉書頁面，「爲了方便作業，我們先網購汽油桶，三桶算我的。」

我大翻白眼，揍了小路一拳，「你夠嘍。」

「好，我認眞。妳找他幹麼？」

「當然是找他談談啊。雖然樹人可能給了他一大筆錢，不然就是許了他什麼好條件，但同樣身爲創作者，多少可以對他動之以情吧？」即使希望不大，還是要試著努力一把，

「不過，他這個好像是假帳號？」

我說的是那個發文指控我抄襲的臉書帳號。

聞言，小路奪走我的筆電，滑鼠點了幾下便確定這是為了爆料而設置的新帳號，在網路上也搜尋不到對方的其他資料。

名偵探小路搓了搓下巴，「俗話說得好，凡走過必留下痕跡，凡在網路發文，必定留下IP，溫編妳放心，這個任務就交給我了！」

「那你先幫我傳封訊息給那個假帳號……」話說到一半，工作室門口傳來外送人員的呼喊，我疑惑地看向小路，「路士懷，你中樂透？這麼貼心訂咖啡給我喝？」

「妳沒幫我加薪，我連樂透都買不起。」小路眼睛死盯螢幕，雙手猛敲鍵盤，「沒看到我在忙嗎？還不快點去看他是不是送錯地方。欸，送錯了也收下來，懂嗎？」

做人有沒有一點水準啊？

我拿著皮夾走出去，忍不住伸手巴了下小路的後腦勺。

「您好，請問是溫又芸小姐嗎？」外送人員笑容滿滿。

「我是，可是我沒訂咖啡啊。」

「這是宋大翔先生訂的兩杯拿鐵和兩塊蛋糕，錢已經付過了。」外送人員交給我一袋沉甸甸的紙袋，「祝您用餐愉快。」

他剛剛說什麼？宋大翔？

直到外送人員消失在電梯門後，我才回過神，低頭看了看紙袋裡的食物。

「妳和宋大那個了？」

我差點被嚇死，「路士懷！你在亂講什麼！」

「別裝了，我們早就料到了啦。」小路搶走我手上的紙袋，「我看看……蛤，點心只有蛋糕喔？溫編妳要吃起司蛋糕還是巧克力蛋糕？我個人比較想吃巧克力蛋糕，妳應該不介意吧？」

「吃吃吃，吃死你！」我快步走回自己的辦公室，關上門之前，不忘回頭大喊：「還有，我們才沒有那個！」

「什麼？宋大動作也太……」

砰地一聲，我把路士懷的聲音關在門外。

宋大翔和我不只沒有那個，我們甚至還……完蛋了。

一片寂靜的辦公室裡，手機的訊息提示音乍然響起。

「好好休息。別煩惱，我會盡快解決。」

又來了。

瞪著那條熱騰騰的訊息，一把無名火再度燒上心頭。

爲什麼宋大翔就是聽不懂人話？

一時之間，我忘了昨晚的尷尬，又或者該說，就算有這件事橫擋在我們中間也阻止不了我，該說分明的事情還是得說，這是我的底線，我不想讓他認爲我只能靠他保護。

他憑什麼把事情都攬在自己身上？

「你解決你的事，我解決我的事。」我快速輸入字句，按下傳送。

「妳的事就是我的事。」他立刻回傳。

我當然不會認輸。

「同理可證，你的事就是我的事，憑什麼都你一個人扛？」

「事情因我而起，就該由我負責解決。」

「宋先生，我會自己看著辦的。你要是真的關心我，就每天送一杯咖啡過來就好了。」我眞是受夠這傢伙的拯救世界王子病。我送出訊息，不忘補上一句，「記住，一杯就好，我不能喝太多咖啡。」

傳送完畢，我呼出了一口大氣。

下一秒，手機鈴聲再次震天響起。

這次不是訊息，而是貨眞價實的來電。

「妳打算怎麼解決？」宋大翔劈頭就問。

我堵了下，隨便搪塞，「反正，我自有方法。」

「溫又芸，妳別鬧了。」

「鬧？宋大翔，你不要太瞧不起人。」

「不然呢？現在只有兩個方法可以證明妳沒有抄襲，一是那位編劇主動澄清認錯，但可能性比被雷打到還低，我勸妳不要做夢；第二是找到證據，證明兩個劇本不一樣，而最好的證據就是對方當初拿來參賽的原始劇本。」

等等，他剛剛說什麼？

「原始劇本……」我皺眉，一個念頭忽地閃過。

「對，原始劇本。」宋大翔隨便應聲，接著分析，「那位編劇早就被樹人收買，據說雙方已經簽下明年的電影合約，既然已經拿了好處，就很難說服他乖乖把劇本吐出來……」

「對了！原始劇本！」我驚喜大叫，「我知道了、我知道該怎麼做了！宋大翔，謝謝你的提醒，我愛死你了！」

切斷通話，我從辦公室飛奔而出，抓著小路一起跳上計程車。

二十分鐘後，我們來到氣勢磅礡的B台大樓——沒錯，就是那個發文罵我沒有職業操守、罔顧職業道德的林總監所在的大本營，B台。

搭上直達戲劇部的電梯，我忍不住慶幸《粉條男》才下檔不久，警衛伯伯還認得我，否則我連一樓管制區都進不了，更別說是要見到林總監了。

「溫編，像我們這樣不請自來，妳覺得林總監會見我們嗎？」小路忙著對鏡子整理髮型，說是要給別人留下專業的好印象。

「說到這個，」我搓搓下巴，「不知道林總監在不在？」

小路登時崩潰，「齁，溫編，做事不是這樣做的！」

一記眼刀殺了過去，這小子永遠記不得誰是老闆！

不過……如果林總監不在該怎麼辦？我盯著不停往上跳的電梯樓層數字，暗自祈禱事情發展能如同我想像的那般順利。

然而，這個世界總是不讓人好過。

「溫編劇，林總監問您找他有什麼事？」總機小姐按住話筒，有禮地替我傳話，我要找的那個人就在離我不遠的辦公室裡，卻怎麼也不肯見我。

「我想請他幫一個忙。」我瞄到林總監從辦公室閉起的玻璃門前一晃而過，「有關兩年前的原創劇本大賽，我需要其中一份參賽劇本。」

「好的，我替您轉達。」總機小姐變成我和林總監之間的傳話筒，她轉述完我的話後，停了片刻才看著我說：「溫編劇，林總監說他……呃，爲什麼要向您提供援助？」

總機小姐人眞的很好，怕我受傷，還替林總監修飾過原話，但我用膝蓋想也知道林總監是用多暴躁的語氣吼了句「我幹麼幫她？」或「憑什麼要我幫她？」

我深吸口氣，再次向總機小姐露出從容不迫的微笑，「麻煩妳跟他說，我眞的很需要他的協助，如果以後林總監有任何吩咐，我一定赴湯蹈火，在所不辭。」

「好的，請稍……這位先生，你不可以這麼做！」

小路一把搶過話筒，順便賞我一枚可媲美巴洛克式風格的華麗白眼，接著就對著話筒大喊：「老子我時間很寶貴，麻煩速戰速決。」

「感謝，但我不會加你薪水。」避開小路的拳頭，我連忙也朝話筒喊話，「林總監，我是溫又芸，拜託，只有您能幫我這個忙了。」

「只有需要幫忙的時候才會想到我，天曉得什麼時候又會被妳在背後捅刀！」林總監的嗓門之大，甚至不用透過話筒，就能聽見他的聲音從辦公室傳來。

「上次的事我眞的很抱歉，我不該沒向您報備，就和S台合作題材類似的戲，我知道這個時候道歉爲時已晚，當時確實是我沒想周全，我……」

「這些話宋大翔都說過了，我沒那麼多美國時間聽妳再解釋一次！」林總監不耐煩地打斷我，「我現在是要問妳，要我幫妳可以，妳能拿出什麼條件交換？我可不是做慈善事業的，妳也沒資格讓我發揮愛心了。」

我能拿出什麼條件交換？

「我這人除了會寫一點劇本以外就一無是處了。」聽起來好像很悲慘，但這就是殘酷的現實，我有些一籌莫展，「不過，我可能也沒有那個資格再和您合作……」

「五折。」林總監忽然說道。

我一愣，「什麼？」

「要我幫妳可以，下次劇本酬勞打五折。」

「五折？這老頭神經——嗚！」

強行摀住小路的嘴巴，我才不管什麼錢不錢的，馬上一口應下，「當然沒問題！」

辦公室的玻璃門在下一刻被推開，林總監面無表情地大步走了出來。

他先是看我一眼，隨即轉頭向總機小姐確認，「Annie，剛才的對話都有錄音吧？」

「報告總監，已經錄下來了。」

林總監滿意地頷首，「溫編劇，跟我來。」

他帶著我和小路搭乘電梯直下地下二樓，陸續經過道具室、服裝間和影音資料庫，最後停在檔案室門前。

「身爲大賽的主辦單位，我不該將參賽作品洩漏出去。」林總監從口袋取出一把鑰匙，「但妳這次遇到的指控不同以往，若那個人眞要究責，除了妳以外，B台也同樣無法逃脫，可他從頭到尾都沒有提及B台，顯然有人在背後操弄。簡單來說，溫編劇，妳被弄了。」

「我知道，所以我才會想找出那份原始劇本，證明自己是清白的。」

「那妳能保證不告訴別人，劇本是從B台取得的嗎？」林總監面色凝重，「事關公司誠信問題，這一點絕對必須保密。」

我認眞地點點頭，「我發誓，我絕對不會說出去的。」

「那好，因爲必須保密，我這邊不能派人來幫妳。」林總監用鑰匙旋開檔案室的門鎖，「妳只能靠自己了。」

聞言，我忽然有股不祥的預感。

爲了保存紙本資料，檔案室裡的空調溫度調得很低，林總監伸手探向牆上的開關，喀答幾聲，頭頂的一大排日光燈管接連亮起。

我本來以爲會見到成列的檔案櫃，各式資料歸類整齊，然而眼前所見卻全然不是這麼回事。

「幾個月前檔案室漏水，還沒整理完就遇上大地震，裡頭存放的資料都被搬了出來，東擺一疊、西擺一疊，我也不知道原創大賽的參賽作品放哪去了。溫編劇，我只能幫妳到這裡了。」

望著檔案室內的一片混亂，我彷彿看見了我悲慘的未來。

✦

「現在幾點了？」我呼出一口長氣，搥了搥痠疼的腰。

「十點。」小路悠哉地確認過時間後，繼續翻閱手中的雜誌。

我難以置信地瞪著他，濃厚的殺氣似乎令他有所感，他抬頭迎向我的目光。

「幹麼？」小路眨眨眼，「拜託，我很累欸，休息一下不行嗎？」

「我都沒休息，你憑什麼休息？」

「每個人所能承受的疲累程度不一樣，溫編妳可不能當個慣老闆。」他搖搖手指，振振有詞，「反正一時半會也找不到，欲速則不達，不如就慢慢來。」

可惡，我竟然沒辦法反駁。

除了吃飯、上廁所，我和小路已經在檔案室忙了好幾個小時，可由於B台歷史悠久，積年累月存放在這裡的各式資料實在太多，一一過濾下來無異是大海撈針。

唯一不幸中的大幸是B台的檔案管理做得還算確實，即使整間檔案室亂得像是颱風過境，大多數的檔案還是有盡量做到分門別類置放。

我嘆了口氣，跨開腳步往更裡面的「災區」挺進，沒過多久，才休息一會兒的小路也放下雜誌，往另外一頭埋首搜尋。

等事情告一段落，我保證，我一定會幫路士懷加薪。

「……溫又芸？」

我放下某本隸屬於新聞部的檔案夾，「蛤？路士懷，你叫我？」

「大專院校影視營，《銀河群俠傳》。」

等等，他說什麼？銀河什麼？

該不會是……

「路士懷！不准看！」我以生平最快的速度飛奔過去，小路早就翻開那部劇本，看得津津有味。

我心已死。

那部劇本是我大學一年級參加B台影視營時的作品，我萬萬沒想到B台居然會把這種學員作品留存在台內的檔案室。

空間不是這樣浪費的，做人就是要斷捨離啊！

「哈哈哈，這什麼東西啊？銀河王子初出星球，偶遇古靈精怪的火星小師妹……這到底是致敬《天龍八部》、還是《笑傲江湖》啊？」小路笑得上氣不接下氣，「溫編，B台幹麼保留妳的黑歷史？他們是不是知道妳會大紅，想要找時機敲詐妳？」

「拿來啦！」我翻白眼，大力搶過他手中的劇本。

我只能慶幸宋大翔人不在這裡，永遠不會知道《銀河群俠傳》裡的銀河王子也是拿他當作人設發想。

當時的我，爲宋大翔的一席話感到受傷，極力抗拒和他再有牽扯，卻又心有不甘，想要證明他是錯的，或者，更正確的說法應該是——我非常想要獲得宋大翔的認同。

那年影視營祭出一份大禮，宣稱得獎作品將有機會拍攝成劇，爲了這個獎項，我卯足勁熬了幾天完成劇本，最後因劇情安排不成熟、難以拍攝等原因落選了。

這是理所當然的結果，我一點也不覺得惋惜。

只是……當我重新翻閱當年的劇本，我想，我是眞的很喜歡宋大翔。

我讓宋大翔在我的人生裡占據了好大的位置，就算那時我只是默默暗戀他，甚至不曾和他面對面說過話，他依然影響了我好多好多，或許有人會覺得這樣的我很蠢，可那又怎麼樣？

回首過去，我沒有後悔喜歡他。

直到現在，我還是喜歡他。

「溫編！不好了，溫編！」

「又怎麼了啦？」我不耐煩地問，路士懷實在很不識相，喳喳呼呼地打斷我沉浸在往日情懷裡。

「宋大準備和樹人攤牌了！」

小路亮出手機上和電視圈朋友的對話，我迅速瀏覽過一遍，大意是這件事已經在圈內傳遍了，明天早上宋大翔就會有所行動。

宋大翔想清楚了嗎？他能有多少勝算？

「溫編，妳要不要先去找宋大，勸勸他不要衝動？」小路和我一樣憂心，「他怎麼可能在短時間內擁有和樹人正面對幹的能耐？如果有，他當初還會被冷凍嗎？」

我不知道宋大翔在想什麼，更不知道他打算怎麼做。

「這裡存放的應該都是戲劇部的資料。」我把手機還給小路，彎下身到處翻找，「好了，路士懷，我們先集中在這一區找，待會再……」

小路拉住我，「溫編妳不擔心嗎？」

怎麼可能不擔心？我望著小路困惑的眼神，抿緊了唇。

「我相信他。」撥開小路的手，我再次拾起一份份資料檢視，「我不知道宋大翔有什麼打算，可我現在最該做的是盡快找到《台北霓虹》的劇本，如此一來，不僅能證明我的清白，宋大翔向樹人攤牌的時候也能多一項籌碼。」

快點找到劇本，就能增加宋大翔的勝算。

這是我唯一能夠幫上忙的事了。

我不想再安穩地躲在宋大翔的羽翼底下，受他庇護，他生活得夠辛苦了，和樹人這隻小鼻子小眼睛的邪惡大鯨魚對抗也夠累了，儘管無法替他抵擋所有的敵人，但我想和他並肩作戰。

聽完我這番話，小路毫不猶豫地彎下身，跟著我一起在堆積如山的海量資料裡挖掘奇蹟。

我再次跟自己說，事情結束之後，我一定會替路士懷加薪。

我們一心一意翻找資料，再也顧不上談話，好不容易終於快要解決面前這座「資料大山」，只差一些些就能見到平滑的地板。

我看向另一座資料大山，暗自盤算待會從那裡找起。

拾起地上最後一本資料，我機械性地看了一眼封面的標題大字。

「《台北霓虹》……路士懷！找到了！我找到了！」

凌晨四點零五分，我們終於完成了任務。

✦

這圈子很小，加上最近恰巧沒什麼大新聞，宋大翔要與樹人攤牌的消息一傳開，立即引來媒體的關注。

宋大翔手機早已關機，我聯絡不到他，只能早早來到樹人大樓底下守株待兔；但現場等待這隻兔子的獵人不只我一名，還有一群娛樂記者。

身爲熱門話題的主角之一，當然不會傻傻跑出去自投羅網，我躲在附近騎樓的角落，苦思究竟該怎麼闖進樹人才不會被記者發現？

最慘的結局可能就是我以違法入侵的罪名被警衛撵出大樓，門外的記者正好拍到我被警察抓走的第一現場。

哈哈，到時我上的就不是娛樂版，而是社會版……想著想著，我不由得出了神。

就在這時，有人拍了拍我的肩膀。

「溫編。」

我嚇得心臟差點從嘴巴跳出來，扭頭一看，「葉、葉司辰。」

裝扮低調的葉司辰示意我不要發出聲音，接著便拉著我往反方向的巷子裡走，等到遠離了大街上的人車聲響，他才停下腳步。

「你怎麼會在這裡？」我著急地抓著葉司辰問，「宋大翔呢？對了，你怎麼知道我在這裡？」

「方菲姊請我來找妳的。」葉司辰壓低聲音，「她說妳可能會貿然闖進去，要我在妳被警察逮捕之前找到妳。」

嗚嗚，不愧是我的好姊妹，方菲太了解我心裡在打什麼主意。

「宋大翔呢？他還好嗎？」

「我聯繫不到他，昨天下午收工之後，就沒見到大翔哥了。」葉司辰搖了搖頭，沒等我開口，他就快一步說：「但我可以悄悄帶妳溜進公司。」

葉司辰帶著我來到大樓後門，這裡一個記者也沒有。也是，線上所有記者都知道，宋大翔心高氣傲，再怎麼落魄，也不屑走這種偷偷摸摸路線。

拉開後門，葉司辰率先走進去，「有時候前門等候的粉絲太多，公司前輩要趕行程無法多做停留，就會從後門進出。」

葉司辰告訴我，宋大翔和高層約在九樓的會議室，而搭乘電梯須繞進大廳，被門外那批記者發現的風險太高，於是我們決定爬逃生梯上去，開始累死人的登高行動——我的意思是，累死我的登高行動。

這點高度對葉司辰來說根本不算什麼，他是男生，又是舞蹈系，年紀輕輕兼身強體壯，反觀我，女子界的肉雞，雖然不老但也不年輕了，昨天還一整晚沒睡，九樓對我來說，簡直就像是遠得要命的王國。

當我好不容易爬上九樓，差不多已經去掉了半條命。

「溫編，大翔哥來了！」

還沒來得及喘氣，便見宋大翔從電梯裡走了出來，我連忙拉著葉司辰縮到牆後。

他一身乾淨俐落，穿著我平生看過最好看的合身西裝，腳上的皮鞋很眼熟，我被棒球砸到腦震盪送醫那天，他穿的就是那一雙……嗯，也是我吐在上面的那一雙。

此時的宋大翔不再是昨夜那個淋得全身濕、沉默地等在我家門外的宋大翔，他又是以前那個他，充滿自信，走路超級有風的人生勝利組。

他走進會議室，裡頭已經有好幾個人坐著，會議室對外的牆面只有下半部是霧化玻璃，上半部則是透明的。

根據葉司辰所言，與宋大翔會面的全都是位居樹人管理高層的人物，然而看在我眼裡，他們無論男女全都長著一張反派臉，和宋大翔不是同類人。

會議開始後，我和葉司辰閃閃躲躲地來到門外，拜這層樓都被規劃做為會議室使用、其他辦公人員也被事先請離所賜，儘管隔著一扇門，仍能清楚聽見雙方交談的聲音，並且還能透過透明玻璃大致瞥見裡面的情況。

「把事情搞這麼大，你有什麼好處？」坐在主席位的油頭先生曲指敲著桌面。葉司辰附在我耳邊說，他是樹人的總經理。

「這句話應該問問你們自己。」宋大翔直言反駁，「我究竟該不該因爲被別人挖角付出代價，這件事我已經不在乎了。但說好讓我證明自己的能力，樹人卻在背地裡搞小動作，先是透過人情壓力逼退演員，又在首映會上指控劇本剽竊，這些操作都越線了吧。」

「換個角度想，那些也是我們對你的考驗啊。」這句秀下限的鬼話是從包頭女人口中說出來的，她是誰不重要，看了就討厭。

「你們想給我考驗，我沒意見，我接受。」宋大翔沒理她，仍看著總經理說話，「但現在受到最大傷害的人不是我，而是其他用心努力的劇組人員，甚至可能毀掉一名編劇的職業生涯，難道不會太過分了嗎？」

「溫編劇的事，日後會做出澄清。」總經理氣定神閒地回。

「澄清？什麼時候？等到戲都播完、她早就被罵過一輪的時候？」宋大翔冷笑，「眞不愧是樹人，賞人一巴掌，再給顆糖吃，是不是還想讓別人感激你的手下留情？」

「說話客氣一點！要不是看你對公司有些貢獻，這裡早就沒你位置了！」包頭女人咄咄逼人，彷彿毒蛇吐信，「想替溫編劇討公道，你有證據嗎？你怎麼知道她沒剽竊？說不定你被她騙了呢？」

「我相信她。」宋大翔面不改色，沒有半分猶疑，「她不是那種人。」

聽見這句話，我心口倏地揪緊。

「你相信她又如何？你還是沒有證據。」總經理冷漠說道，「如果想證明溫編劇的清白，你現在不該來這裡，而是趕快找個律師上法院提告。不要怪我沒提醒你，到時候可沒有幾個記者願意幫——」

「溫編！」

不顧葉司辰的攔阻，我抱著懷裡的資料袋打開門衝進去。

眾目睽睽之下，我又一次闖進了宋大翔與別人的會議現場。

「你們要證據是嗎？」我猛地將資料袋甩到桌上，「這是《台北霓虹》當初參賽的原始劇本，瞎了眼的人都看得出來，《台北霓虹》和我的戲毫無相似之處。幹麼？很驚訝嗎？你們早就知道了吧。」

樹人那批高層露出了慌亂之色，但此刻我卻不敢轉頭看宋大翔的表情。

「我不在乎你們什麼時候才想還我清白，我沒做的事情，我死也不會認。」逼著自己直視這些所謂的大人物，我心中的怒火完全壓抑不住，「但宋大翔到底做錯什麼？他爲樹人盡心盡力，說是被挖角，他也沒有答應，你們卻因此一次次追殺他，這到底是什麼道理？」

「不需要溫編劇來教育我們，妳想提告就去，沒人阻止妳。」相較其他人的慌張，總經理顯得很鎮定，「到了那時，這件事將會怎麼落幕，勸你們別把結果想得太美好，尤其還事關你們的未來。」

我心中一凜，面上卻裝作若無其事，不願讓對方看出我的動搖。

宋大翔和樹人鬧翻之後，他很可能從此無法在業界立足。

樹人在演藝圈勢力龐大，旗下擁有多名大咖藝人，想封殺宋大翔簡直易如反掌，只要向各家電視台、影視公司放出風聲，根本沒人會和宋大翔合作。

見我抿唇不語，總經理揚起了笑。

「怎麼?現在才想到這一點，開始覺得不安了嗎？」察覺到我的猶豫與顧忌，他得意地笑了，「溫編劇，很抱歉，這世界上不是所有事都能像妳寫的童話故事，有個快樂美好的結局……」

「總經理，不好意思，結局可能不是你想得那樣。」

宋大翔忽然開口，眾人的視線頓時全集中到他的身上。

只見他不疾不徐地從腳邊的提袋取出一大疊資料攤在會議桌前，包頭女人率先伸手翻看文件，沒看幾頁就臉色一變，轉頭對總經理低語。

「這些文件是從我進公司以來，樹人私底下為了打通關節所進行的商業交換，白話一點的說法，就是『賄賂』。」宋大翔語氣淡漠。

「你是從哪裡拿到這些的？」總經理瞪大了眼，拍桌而起，指著宋大翔大罵，「你要是敢公開就是犯法！」

「放心，這些資料不會隨便公開，它們唯一可能的去處就只有法院。」宋大翔偏了偏頭，勾起唇角，「不瞞您說，我手邊還有許多黑料，無關商業機密，就是一些……八卦吧？我相信不管哪家媒體都會很有興趣和我聊一聊，有關前東家的黑歷史。」

他笑了，笑得非常、非常黑心。

桌子的另一邊，總經理氣得整張臉都成豬肝色了，胸口激烈起伏。

「打從進公司以來，你就一直都在暗中計畫？」

「當然不是。總經理，身爲樹人的一分子，對於公司，我問心無愧，可這陣子樹人待我如何，你應該很清楚。」宋大翔堅定地說，「爲了保護重要的人，我別無選擇。」

總經理繃緊了下頷，「所以，你想怎麼做？」

「首先，我要求樹人立即發出聲明，向溫編劇道歉並澄清一切；第二，我打算離開樹人，創立自己的經紀工作室。」

「沒問題，只要你不公開那些資料。」

「總經理，我話還沒說完。」宋大翔沉著地看著他，「在樹人這麼多年，我很清楚樹人的制裁手段，若是日後我察覺樹人對我、對溫編劇，或者我旗下的藝人有任何打壓的動作……總經理，你知道會發生什麼事。」

「你想要脅樹人一輩子？」

「眞可惜，我學不來和你一樣狠心。」宋大翔微笑反諷，「總經理，我向你保證，我只會保存這些資料十年。反正十年之後，樹人也不再會是我擔心的對象。」

也就是說，宋大翔預計將在十年之內超越樹人。

我怔怔望著身旁的宋大翔，深深被他的傲氣震懾。

「你眞以爲事情會如你所願？」總經理似乎快被氣得中風了。

宋大翔一派自信，「就讓時間來證明，我……葉司辰？你來這裡幹麼？」

葉司辰站在會議室門口，從沒經歷過這種場面的他神色慌張，而樹人幾位高層注意到葉司辰手上也拿著一份文件，警醒地交換過一記疑惑的眼神。

「有人請我送來這份聯合聲明。」葉司辰把文件遞交給宋大翔。

宋大翔才掀開第一頁，嘴角的笑意便全然消失，我急忙湊過去看了一眼，很快明白了箇中原因。

宋大翔把文件推向會議桌的另一邊。

「這是幾個藝人的聯合聲明，他們站出來表態聲援我。」一反適才的張揚，宋大翔語氣平靜無波，「你應該很清楚，這些人都不是樹人可以抵制的對象。」

參與聲明連署的大部分是宋大翔帶過的藝人，包括樹人的金雞母影帝周佑民，而其中最顯眼的，卻是簽在聲明稿底下的第一個名字，宋嘉玉。

我不由得有點想哭。

在看過那份聲明書之後，總經理不發一語，只盯著宋大翔看，不知道在想些什麼。

「如何？總經理，你答應我的要求嗎？」宋大翔微微挑眉，「我想，對於你我而言，這算得上是個很美好的結局。」

總經理臉上一陣青一陣白，最後頹然地靠坐在椅子上，「我明白了，你……」

「喔，對了。」宋大翔猛地一喊，整間會議室的人都被他驚得一愣一愣的，只見他笑咪咪地說：「把時間改成八年吧，我要把葉司辰帶走。」

葉司辰當場飆淚，「大翔哥！」

一個小時後，宋大翔和我一起走出樹人的會議室，手上的牛皮紙袋裡，裝著雙方簽好名的協議，以及一份葉司辰的經紀合約終止書。

站在光可鑑人的電梯前面，我們肩並肩，誰也沒出聲。

叮地一聲，電梯來了。

宋大翔與我一前一後走進電梯，我們一人一邊，各據一角，此情此景宛如數個月前的畫面重現，我仿照上次的經驗，目不轉睛地看著電梯門上反射的自己，半點聲音都不敢出。

我想，這次他應該沒生氣吧？

「宋大翔……」我試著開口，可是他都不看我，「你在生氣嗎？」

沒有吧？沒什麼好生氣的吧？我這次出頭可是爲了我自己，才不是爲了其他別的原因……

宋大翔沒有回話，甚至連看都不看我一眼。

我不免感到委屈，只能縮回角落耍孤僻。

還好，這次不是三十二樓，只有九樓而已。

就在我被這樣詭異的氣氛逼得快要窒息時，電梯總算抵達一樓大廳。

「又芸。」

電梯門一開啓，我飛快踏出電梯，而宋大翔也飛快喊了我一聲。

我直覺轉過身，宋大翔上前一把將我拉入懷中。

現在是什麼情況？我傻愣愣地抬起頭，他俯下頭，吻上了我的唇。

「……記得要笑。」恍惚之間，宋大翔在我耳邊輕聲低語。

什麼意思？

我迷迷糊糊地望著微笑的宋大翔，漸漸地，我發現他眼中那抹熟悉的笑意，帶著明顯的促狹……

下一刻，無數的閃光接連亮起，那些記者如嗜血的鯊魚般朝我們一擁而上。

「宋大翔——」

我轉身藏進他的懷裡大叫，宋大翔很沒良心地開懷大笑。

尾聲

四個月後，我們一群人聚在宋大翔的家裡收看《我和她的男朋友》大結局，包括我、方菲、小路、葉司辰、范姜律，以及一干劇組人員……當然，這場聚會少不了屋主，宋大翔。

今天也是「月球散步演藝經紀工作室」正式掛牌營業的第一天。

哦，對了，宋大翔和我並沒有在一起——嗯，應該吧？其實我不是很清楚，宋大翔從頭到尾都沒表態，我也不敢主動開口問，要是他說沒有怎麼辦？

關於這一點，我身邊的好朋友是這麼說的：

方菲認爲我們已經是男女朋友了，因爲宋大翔老是在我身邊閒晃，像個嘮叨的媽媽一樣管我喝咖啡；葉司辰也同意方菲的說法，因爲宋大翔總是逼他演戲一次OK，才能趕快收工回來找我；唯一持反對看法的是路士懷，照理說他的看法沒有任何參考價值，偏偏他所持的理由非常具說服力。

「宋大沒對妳出手？好，那就是沒有在一起。」

看！路士懷這話說得是不是很有道理！

我一邊洗著碗盤，一邊思考到底該如何不著痕跡地套話，既不會讓宋大翔發現，也不會傷及我的自尊。

「妳不看結局？」宋大翔忽然出現在我身旁。

我手一滑，差點摔破杯子，「嚇、嚇我一跳！」

「這麼沒膽？」他失笑，伸手摸了摸我的臉頰。

「那是因爲你長得太嚇人！」嚇死人的帥。我在心裡補上一句，連忙拉回話題，「我都已經知道結局了，幹麼還看？」

「是嗎？」宋大翔挑眉，「不是怕在大家面前哭？」

他怎麼知道？我心中一驚，手又滑了一下。

很少人知道我其實不太喜歡和別人一起看自己寫的戲，上回方菲和小路是例外，他們過來主要是爲了陪我度過恐慌。之所以不喜歡，其中一個原因是我很不喜歡別人看見我哭。

直到現在，我才發現宋大翔始終默默觀察著我，他比我以爲的更了解我。

「妳什麼時候有空？」宋大翔看了看手機，「宋嘉玉找我們一起吃飯。」

「下星期日怎麼樣？」我答得很自然。

畢竟和宋嘉玉吃飯也不是第一次了，託她的福，上次吃到了非常美味的大龍蝦，現在回想起來，還是忍不住流口水。

不曉得這次又能吃到什麼好料？我已經開始期待了，呵呵。

半晌，宋大翔收起手機，倚在流理臺邊看我洗碗。

我蹙眉看他一眼，覺得莫名其妙。

「幹麼？不想幫忙就去外面和大家一起看電視啊。」

「聽說妳到處問別人我們有沒有在一起？」他問，眼神認眞得嚇人。

我頓時身子僵硬，呼吸一滯，心漏跳了一拍後瘋狂大暴動。

「你、你聽誰說的？」我不自覺往旁邊退了一步。

「方菲、葉司辰、路士懷……」宋大翔很壞，他每講出一個人的名字，就往我的方向逼近一步，「妳問過的每一個人都跑來向我報告。」

這群吃裡扒外的抓耙子！

我無路可退，背抵著冰箱，聽見客廳傳來了歡呼聲，他們大概正看到魏海求婚的那一幕吧。

宋大翔俯視著我，我臉上的溫度愈來愈高，思緒亂成一團。

「哈哈哈，那個，我就是問好玩的嘛。」

我別開臉，不敢再與他對視。

但他沒那麼輕易放過我，食指一勾，捏著我的下巴轉向前方。

「所以呢？妳相信誰的說法？」他低聲問道。

我說不出話，直直盯著他的眼睛，兩隻小腿開始發軟發麻。

「妳不信方菲的話？」他又靠近了我一些，每次開口，灼熱的氣息都噴在了我的臉上，「也不信葉司辰的？」

「話不是這麼說，你、你走開啦！」我快瘋了，大力推開他的胸膛，「那你幹麼不乾脆一點告訴我，我們到底有沒有在……唔！」

相隔四個月，宋大翔再次吻上了我。

他攬著我的腰將我拉近，那一瞬，我無法思考，只能感覺自己被他的氣息圍繞，我抬起雙手攀著他的後頸，本能地迎合他溫潤炙熱的唇瓣。

「小路說，我們沒有在一起。」我微微喘息，好不容易找到空檔說話，有些害羞，「因爲……」

「嗯，我知道。」宋大翔在我耳邊低喃，「妳今晚要不要留下來？」

我望著宋大翔帶笑的眼睛，輕輕點頭，他的親吻再度落了下來。

人有不同面貌，月亮的背面永遠見不著光。

我眞心喜歡眼前這個男人，我不需要他處處完美，更不需要他爲我披荊斬棘，我只希望他能在我身邊放心大笑。

生存在這個世上，每個人都有各自的問題須得面對，沒有誰可以替誰承擔，也沒有誰可以眞正解救誰，況且，不是每個女生都必須等待別人來拯救，也不是每個男生都必須拿起刀劍去捍衛他人。

但不論如何，我們都會陪在彼此身旁。

如果地球很危險，那我願意陪你冒險犯難；如果你想移居月亮，那我就陪著你在月球散步。只要有你在，一切都將無所畏懼。

你快樂了我也跟著微笑，那就是幸福。

這就是愛。

全文完

後記
美好還在路上

嗨嗨，大家好，我是兔子說。

好久不見，眞的好久好久沒和大家見面，你們過得好嗎？

我希望得到的答案是肯定的。

因爲在寫這個故事的某一段時間，我過得並不是很好。

《陪你在月球散步》是一個讓我學會很多的故事。

以前的我，喜歡寫作、喜歡說故事，而且認爲自己可以寫出好看的故事。可是在不知不覺間，我對自己的要求愈來愈高，高到讓自我要求變成了一種苛求。我開始吹毛求疵，挑剔自己筆下的字句，覺得自己好爛、寫出來的東西到底有誰要看？

這個故事，便是在這種狀態底下完成的。

我一直很喜歡宋大翔，很想給他一個很完美的故事。也許就是這樣一個小小的執念，再加上極度嚴苛的自我要求，初提筆時的興奮與期待漸漸消失不見。完稿沒多久，當時的我掙扎了一陣子，最後寫了一封信向編輯說：「我覺得，我不能讓它出版。」

這是二〇一七年的事。

兩年了。

這個故事早就寫好兩年了。

後來我來到澳洲打工度假，體驗異國生活和工作，學習和各式各樣的人相處，努力在沒有後援的狀況下解決各種問題。這段期間，編輯蔓蔓姊一直不忘關心我，某一天在我和她分享生活點滴的時候，她對我說：「妳應該回去看看這個故事，它不是妳想像中的那個樣子。」

於是我打開了塵封已久的檔案，用一個下午的時間重溫這個被我捨棄的故事，我發現自己從中獲得了笑容與感動。

它真的沒有我想像中的那般難以直視，它或許不是最好的，但它帶給我一個美好的下午。

而我也在此時意識到，這才是我寫作的初衷與目標。我只是想讓讀者在讀完我的故事後，心裡充滿愉悅的幸福，又或者，在看完這本書後的一年半載，偶然翻開其中一頁讀了幾句，便忍不住一頁一頁重溫起書中情節。

我想，我終於找回了迷路很久的自己。

當然啦，這個故事的多災多難不僅於此，還包括好不容易完成的修稿竟然消失不見，察覺的時候已經是編輯校完稿了……當時我沒有崩潰，好啦，可能還是有一點。我在一點點崩潰之後，很快接受了現實，盡力讓傷害降至最少。

這是以前的我做不到的。

我無法用一個詞彙概括《陪你在月球散步》到底讓我學到了什麼，但我確確實實透過它學到許多。宋大翔和溫又芸都是我的一部分，我從他們身上看見自己，也從他們的故事得到安慰與鼓勵，更重要的是，這個故事，或者說是他們，讓我知道，我很好，我很棒，而且會變得愈來愈好。

我希望你們也是。

最後我想和你們說，謝謝你們的支持和等待，我會一直寫下去，我想讓每一個故事都有一個美好的結局，因爲我打從心底相信，美好一定會到來，如果你還沒感覺到，它只是還在路上。

謝謝大家，我們下個故事再見。

兔子說

國家圖書館出版品預行編目資料

陪你在月球散步 / 兔子說著. -- 初版. -- 臺北市；城邦原創出版 ： 家庭傳媒城邦分公司發行, 民 108.04

面；公分

ISBN 978-986-97554-2-9（平裝）

857.7　　108004669

陪你在月球散步

作　　者／兔子說
企畫選書／楊馥蔓
責任編輯／楊馥蔓

行銷業務／林政杰
總　編　輯／楊馥蔓
總　經　理／伍文翠
發　行　人／何飛鵬
法律顧問／元禾法律事務所　王子文律師
出　　版／城邦原創股份有限公司
台北市中山區民生東路二段 141 號 6 樓
電話：(02) 2509-5506　傳眞：(02) 2500-1933
E-mail：service@popo.tw
發　　行／英屬蓋曼群島商家庭傳媒股份有限公司城邦分公司
聯絡地址：台北市中山區民生東路二段 141 號 11 樓
書虫客服服務專線：(02) 25007718・(02) 25007719
24小時傳眞服務：(02) 25001990・(02) 25001991
服務時間：週一至週五09:30-12:00・13:30-17:00
郵撥帳號：19863813　戶名：書虫股份有限公司
讀者服務信箱 email：service@readingclub.com.tw
城邦讀書花園網址：www.cite.com.tw
香港發行所／城邦（香港）出版集團有限公司
地址：香港灣仔駱克道 193 號東超商業中心 1 樓
email：hkcite@biznetvigator.com
電話：(852)25086231　傳眞：(852) 25789337
馬新發行所／城邦（馬新）出版集團 Cité(M)Sdn. Bhd.
41, Jalan Radin Anum, Bandar Baru Sri Petaling,
57000 Kuala Lumpur, Malaysia.
電話：(603) 90578822　　傳眞：(603) 90576622
email:cite@cite.com.my

封面設計／Gincy
電腦排版／游淑萍
印　　刷／漾格科技股份有限公司
經　銷　商／聯合發行股份有限公司
電話：(02)2917-8022　傳眞：(02)2911-0053

■ 2019 年（民 108）4月初版　　Printed in Taiwan
■ 2021 年（民 110）1月初版 5 刷

定價 / 270元

ISBN　978-986-97554-2-9